訳あって、あやかしの子育て始めます2

朝比奈希夜 Kiyo Asahina

アルファポリス文庫

https://www.alphapolis.co.jp/

目次

第一章　焼きいもは大騒動

雁渡しが、どこからか金木犀(きんもくせい)の花の甘い香りを運んでくる。

山科美空(やましなみそら)は、庭に大量の洗濯物を干しながら、すーっと大きく息を吸った。

会社が倒産し、住まいもお金もなくして公園で倒れていた美空は、鬼だという羅刹(らせつ)に拾われてこの屋敷に来た。

住み込みの家政婦として働き始めて、はや五カ月と少し。あやかしの子供たち、三歳で双子の桂蔵(けいぞう)と葛葉(くずは)、二歳の相模(さがみ)と蒼龍(そうりゅう)の四人を追いかけ回している間に、いつの間にか秋を迎えている。

子供たちは外遊びが大好きで、今も庭の片隅に集合してしゃがみ込み、なにかをしているのだが……。

「変なことしてないよね」

妙に静かなので心配になる。

「なにしてるの？」

四人に近づいていき話しかけると、唯一の女の子で一番やんちゃな葛葉が立ち上がり、美空に小さな実を見せてきた。

「みしょら、これ食べりゅ？」

「鳥しゃん食べりゅよ」

続いて立ち上がったのは、桂蔵。双子の彼らは妖狐(ようこ)だ。

「うーん。人間は食べないかな」

ふたりが持っているのは、広い庭の片隅にあるエゴノキの実だ。木を見上げると、びっしり実がなっている。どうやらヤマガラが食べているのを見つけて興味を抱いたらしい。

「ちょっと待ってね」

自然と戯(たわむ)れる四人は、最近こうしてよく質問をしてくる。けれど、答えられないことのほうが多くて、縁側から家に入りスマホを持ってきて調べ始めた。

「あーっ、食べちゃダメ。毒があるんだって」

「鳥しゃん、だめよぉ」

木の上のほうで実をつついているヤマガラに、天狗(てんぐ)の相模が声をかける。

「鳥さんは、毒の部分は取って食べるんだって。かしこいな」

どうやら種の中の胚乳や胚だけを食べているらしい。

美空は思わず感心した。子供たちといると、知識が広がっていく。

「よかったー」

安心したように漏らすのは、おっとりした蛟の蒼龍だ。

自分が子供の頃は、〝鳥が実を食べてる〟くらいの感想しか持たなかったなと、美空は苦笑した。

亡くなったり行方知れずだったりする両親の代わりに、四人の子供たちに歳相応の経験をさせてやりたいと思っているが、美空のほうが多くの経験を得ている気がする。

「こんな育て方でいいの？」

人間の子育てすらしたことがないのに、あやかしの子育てなんてまるでわからない。毎日戦場のようで、なすがままという感じだ。

「いいんじゃねぇの？　楽しそうだし」

縁側から突然声をかけてきたのは、濃藍色の着物を着崩した鬼の羅刹だ。常に気だるそうな彼は、長めの前髪をかき上げて黒目がちな切れ長の目で美空を見つめる。

子育ては放棄気味だし、やることは手荒だしで彼に対して怒り心頭だったが、一緒に生活していてわかったことがある。

意外にも子供たちのことをよく観察しているのだ。

普段はなにもしないくせして肝心なところは締めるし、めちゃくちゃなやり方ではあったが、飛べなかった相模を飛べるようにしたのも羅刹。あやかしとしての成長は、彼に任せておけばいいのかもしれない。……と思いつつ、心配は拭えない。

「そうですかね」

「みしょらー、空いた」

鳥が餌をついばむ様子に触発されたのか、はたまた食べる気満々だった実に毒があり食べられないと知ったからか、食いしん坊の蒼龍がお腹を押さえてアピールしてくる。

「え……さっきお昼食べたよね」

「空いたよぉ」

美空の脚にすがりつき、ねだるような目で見るのは葛葉だ。普段のワイルドさからは想像できない、どこか妖艶な表情を見ていると、大人になった彼女に物をたかられる男性の姿が頭にちらつく。

自分も少しは媚を売れるようになれば羅刹も協力的に……と一瞬考えたが、バカにされて終わりだとすぐに悟ってあきらめた。それに、非協力的な羅刹に媚を売るなんて、負けたみたいで嫌だ。

「うーん。おやつ……。あっ、おいもがある」

先日スーパーで安売りしていたさつまいもが台所にあるのを思い出した。スイートポテトでも作ってあげようと思って買ったもののそんな気力はなく、放置してあるのだ。

庭に積もる落ち葉で焼きいもを作れば、子供たちも楽しめるし、自分も楽できる。

そう考えた美空は、早速提案を始めた。

「焼きいもを作ろうか。ただお約束があるの」

「なあに？」

くりくりの目で美空を見上げるのは、相模だ。

「作るには火を使うんだけど、危ないから近くでふざけないこと。絶対にお約束できるなら――」

「できりゅ！」

蒼龍が興奮気味に美空のジーンズをつかむ。

水を操れる彼がいてくれると安心……でもない。まだ加減を知らない彼のことだから、とめどなく水を放出されて、家の中まで水浸しになりそうだ。

「僕もできりゅ！」

桂蔵が意気揚々と続くと、ほかのふたりもしっかり約束してくれた。

「焼きいもってなんだ？」

羅刹がぼそっと漏らす。焼きいもを知らないらしい。

「焚火(たきび)でさつまいもを焼くんですよ。時間をかけて焼くと甘くなって、すごくおいしいんです」

「へぇ、それじゃできたら呼んで――」

「逃げたらなしですから」

部屋の中に引っ込もうとする羅刹ににらみを利かす。

「焼くだけだろ？」

「火を使うから危ないんです。子供たちの面倒を見てくれないとできません。乾いた落ち葉と枝を集めておいてください」

思いきりしかめっ面をする羅刹だが、働かざる者食うべからずだ。

この屋敷に来たばかりの頃は、羅刹に嫌な顔をされたり、盛大なため息をつかれたりするとひるむこともあったが、最近は慣れてきてなんでもない。しかも、嫌々ながらも手伝ってくれるとわかってきたので、遠慮なくこき使わせてもらうつもりだった。

台所でさつまいもを洗って戻ると、羅刹の声がする。

「相模、火をつけろ。力を入れすぎるなよ」

多目的ライターがないのでどうしようかと思っていたが、火を操る相模がいた。

羅刹に命じられた彼は瞬時に天狗の姿になり、羽団扇（はうちわ）を軽くひと振り。団扇の風で集めた落ち葉が散らばるのではないかと心配したものの、そこはうまく手加減したようで、見事に火がついた。

羅刹はこうした行動を通して、あやかしとしての力の使い方を教えているのかも……と思ったけれど、彼に限ってありえないとも考える。ただ、彼の腹の中はいまいちつかめない。

「しゃがみ、すごー」

桂蔵が盛んに拍手し、隣の蒼龍も目を輝かせている。素直に感情を表す彼らは、実に子供らしくてかわいい。

「こっちついてないー」

反対側を冷静に観察して言うのは、葛葉だ。彼女はほかの三人より少しだけ大人びている。

「燃えていくから心配するな。この線から絶対出るなよ」

羅刹が焚火の周囲に枝で線を描き、子供たちをけん制する。

やっぱり、子供の扱いがうまい。

〃危ないから近寄らないで〃より、入ってはいけないところを具体的に示したほうがわかりやすいはずだ。

「おいも持ってきたよ。熱いから羅刹さんに入れてもらおうね」

「はぁーい！」

食べ物を待つときの子供たちは、びっくりするくらいいい子で助かる。

「なんで俺？」

美空が戻ってきた途端、羅刹は自分の仕事はまっとうしたと言わんばかりの仏頂面を見せる。けれど、逃がしはしない。

「食べるんでしょ？」

「はぁー」

羅刹は盛大なため息をついた。

いつの間にか庭には化け猫の黒猫、タマもいて、私たちのやり取りを見ながらにやにやしている。〃またやってる〃くらいに思っているに違いない。

嫌々ながら熾火(おきび)の周囲にさつまいもを並べていく羅刹だったが、その目は少年のように輝いているようにも見える。どうやら彼には幼少の頃のよい記憶があまりないらしいが、子供たちと一緒に楽しい思い出を作るのも悪くないだろう。

さつまいもを焼き始めて四十分ほど。

その間、別の遊びをしているように促したものの、子供たちは灰を見つめたまま動かず、口々になにか言い合っている。

「あちちだね」

「おいもしゃん、おいちいね」

「いつできりゅかなー」

「もうしゅぐー」

普段は派手にケンカをする彼らだけれど、実はとても仲がいいのだ。

かわいらしい光景に、美空はほっこりした。

ふと縁側に座る羅刹に視線を移すと、彼の表情も柔らかい。彼はふとした瞬間に、こういう無邪気な顔を見せる。

いつもは羅刹のイライラする言葉に腹を立ててばかりだけれど、こうした姿を見られるのは素直にうれしい。よい思い出がないのであれば、これから作ればいいのだから。

「さて、もうそろそろいいかな」

「うわぁ、おいもしゃん！」

美空が声をかけると、途端に子供たちの目が輝きだす。

軍手をつけた美空はさつまいもを取り出し、ずらりと並べてアルミホイルを取り去った。

「いい感じに焼けてる」

思えば美空も焚火で焼きいもをした経験はない。マンション暮らしだとそもそも庭なんてないし、公園で火を焚くわけにもいかないからだ。

「熱いから気をつけて。皮をむいて食べるのよ。できなかったらやってあげるから」

そのままパクつきそうでそう伝えると、四人はそれぞれさつまいもに手を伸ばす。

「あちゅ」

慎重派の相模もテンションが上がっていたのか迷わずいもを手にしたが、熱さに目を丸くしてすぐに置いてしまった。

「うわうわうわ」

大きな声を張り上げていもを右手から左手、そしてまた右手に移すのは食いしん坊の蒼龍だ。熱いけど決して離さないという意思が見て取れておかしい。

結局誰も持っていられず、一旦置いて冷ますことにした。

「やーぁ、ちぃしゃい！」

ところが、四人の中で一番おっとりしているはずの蒼龍が、ほかの三人のいもを見て駄々をこね始めた。

「そんなに変わらないよ。それじゃあ、これは？」

蒼龍のさつまいもはたしかに少しほっそりしているが長いため、特別小さいわけでもない。

しかし納得しないので、別のいもを差し出した。

「や！　しょれがいい」

美空の申し出を拒否した蒼龍は、手でつかめるようになり皮をむこうとしていた桂蔵のさつまいもを奪う。

「蒼龍くん、他人のものは取っちゃダメ」

交渉もせずいきなりは、さすがにまずい。

「僕のぉ！」

案の定、桂蔵が半泣きになりながら取り返そうとする。

「じゅるい！」

「やめてぇ！」

取っ組み合いのケンカになりそうだったので慌てて間に入った。

これまでこうしたときは、どちらかというと傍観者だった蒼龍だが、最近になって自己主張が激しくなってきた。人間でいうところのイヤイヤ期のようだ。ただ、あやかしにもそうした性質があるのかどうかは知る由もない。

「ストップ！　蒼龍くん、これは桂蔵くんのでしょ」

「しょれがいいもん！」

「そういうときは、換えてってお願いすー―」

「嫌い！」

蒼龍は美空の言葉を最後まで聞くことなく、屋敷の中に入っていってしまった。ため息はできるだけつかないように気をつけているつもりだけれど、さすがに出てしまう。

「葛葉もしょれいいー」

葛葉まで真似して駄々をこねだすので、楽しい焼きいもは台無しになった。

「これは桂蔵のだ。嫌なら食うな」

羅刹が葛葉にビシッとひと言。すると葛葉は口を尖らせながらもあきらめた様子で、自分のさつまいもの皮をむき始めた。

「あー、もう」

焼きいもがそもそも間違いだったのだろうか。いや、あんなに楽しそうだったからよかったはず。

美空の心の中は葛藤でいっぱいになる。

自分の子育てについて悩んでいたら、羅刹が「そのままでいいんじゃねぇの？」と言ったが、こんなに適当な羅刹のほうが子供たちをうまく操れているような。

頑張ればいいというものでもないのだろう。

完全に空回りしている自分に気づいた美空は、すっかり自信をなくしてしまった。

第二章　握られた手の温もりは

焼きいもから十日。

朝晩の冷え込みがきついのに、日中はうっすらと汗ばむような天候が続いている。着るものに四苦八苦しながら生活しているけれど、子供たちはどこ吹く風だ。家にいるときは着物姿も多いが、寒くても特に羽織を纏(まと)うわけでもなく、暑くて汗をかいていても気にならない様子で遊んでいる。

今日は朝から公園に繰り出し、いつもの仲良しメンバーで同じ年代の雄平(ゆうへい)、沙良(さら)、奈美(なみ)と笑い声をあげながら楽しんでいる。

彼らは人間で、四人があやかしだとは気づいていないけれど、楽しいことは同じらしく意気投合している素敵な仲間だ。

基本的に皆仲良しではあるけれど、最近は葛葉と雄平がふたりで遊んでいる姿をよく見かける。四人の中では間違いなく一番活発で、なにに関してもためらうことなく自分の思うがままにやってみるという、なかなか気骨ある性格のせいか、男の子とのほうが気が合うようだ。

沙良と仲がいいのが蒼龍だ。このふたりの場合は気が合うというよりは、のんびりマイペースで少々抜けている蒼龍を、沙良が〝しょうがないわね〟と母親のような視点で世話を焼いてくれるのだ。

全員でかくれんぼをしようとなったとき、ひとりでベンチに座って空を眺めていた蒼龍を誘いに行くのも沙良の仕事。最近、〝嫌〟という自己主張が激しい蒼龍だけれど、沙良に対して怒るようなことはない。

それを見ている美空は、沙良のほうが子育てがうまいのではないかと、ちょっとへこんでいる。

あとの三人は誰だろうが構わず、そのときに楽しいと思うことをする。かけっこをしていたかと思うと途中でふと足を止めて、石拾いを始めることもしばしばで、子供はおもしろいと思う毎日だ。

子供たちの様子を視界に入れながら、美空は三人のママと近くのベンチでおしゃべりを始めた。

「ここに連れてくると、子供たちだけで遊んでくれてホッとするのよね。家にふたりきりだと怒ってばかりいて鬼になりそうだわ」

雄平ママが〝鬼〟と漏らすので一瞬ギョッとしたけれど、もちろん羅刹が鬼だとは知られていない。

「少しは息抜きしないと、こっちがつぶれるよね。うちは旦那が育児に協力的じゃなくて」

砂場で遊び始めた沙良を見ながら、沙良ママが言う。

「美空さんの旦那さんは素敵よね。こうしてついてきてくれて、一緒に遊んでくれるんだもの」

奈美ママは、ふらふらと歩いている羅刹に尊敬の眼差しを送る。彼のそばを桂蔵と奈美が走り回っていて一緒に遊んでいるように見えるものの、羅刹はただ散歩をしているだけだろう。

「なにもしてくれませんよ。本当にだらだらで」

羅刹の外面のよさにカチンとくる美空は、本音をこぼした。

「えー、十分よ。うちの旦那は、公園に連れていっても三十分もたずにギブアップだもん」

雄平ママが愚痴をこぼすと、タマが脚にすり寄りニャーンと甘え声を出す。

「こんなにかわいいタマくんもいて、いいわよね」

美空は『毒吐きますけど？』と言いたくてたまらなかったが、なんとかこらえた。

タマはお気に入りの雄平ママの膝に抱いてもらえて、至福の時間のようだ。

貧乏くじを引いていると落胆する美空だけれど、最近は子供たちの成長を目の前で見られるのが幸せだなと思う。

自分が産んだ子ではなくても、毎日一緒にいると我が子のように情が湧く。

「最近、蒼龍のイヤイヤが爆発していて」

美空は悩みを打ち明けた。この三人くらいしか相談できないのだ。羅刹に相談しても無視されるだけ。

「えー。おっとりさんで、そんなふうに見えないのにね」

奈美ママが言うと、沙良ママが続く。

「脳が成長するために必要な段階だと言うけど、割り切れないわよね。毎日続くとイライラするし」

美空はその意見に深くうなずいた。

ただ、蒼龍は人間ではなく、あやかしなのだ。あやかしの成長過程として正しいのか、育児書があるわけでもなく不安だ。

「でもねぇ。そうやって怒りを爆発させても大丈夫な相手だと認識してもらえているんじゃない？　顔色をうかがわれるのも、なんかちょっとね」

雄平ママの発言で、美空はハッとした。

最初は、両親と離れてしまったかわいそうな四人をなんとか癒さなければと、叱ることもためらっていた。けれどそれではよくないと気づき、ダメなものはダメだと伝えるようになり今に至る。

子供たちは子供たちで、美空に嫌われてはいけないと、初めのうちは少しおどおどしていたところがあったように思う。しかし、わがままを炸裂させたとしても離れていかない存在だと認識してくれるようになったのだろうか。

蒼龍にどれだけ『いやぁ！』を繰り返されても、ため息はつけども嫌いにはならない。それをわかってくれたのかなと、久々に前向きになれた。

「そっか。そうですよね」

やっぱりこの時間は貴重だ。羅刹やタマと話していてもこんなふうに気持ちは整わない。

ふと蒼龍に視線を移すと、沙良と離れた彼は羅刹と手をつないで歩いている。子煩悩にしか見えない羅刹に腹も立つけれど、もしや最近の蒼龍の不機嫌に気づいて寄り添おうとしているのではと、少し期待してしまう。

「そんなわけないか」

「なんか言った？」

「いえ……」

奈美ママに指摘されてあいまいに笑っておく。

雄平ママの言葉で元気をもらえて、前向きになりすぎているに違いない。羅刹に限って、絶対にありえない。

美空はそんなふうに思いながら苦笑した。


散々走り回って昼頃帰宅すると、羅刹が蒼龍の首筋にそっと触れて眉をひそめる。

「お前、調子悪いだろ」

羅刹の言葉にハッとする。

そういえば今日は、ほとんどベンチに座ってぼーっとしていた。蒼龍は公園に行っても砂場でひたすら型抜きをしたり、ブランコに座ってもこがずに空を見上げたりとのんびり行動が多いので、そんなものだと思い込んでいたのだ。

最近、一日に数えきれないくらい口にする『いやぁ！』を今日は一度も聞いていないのは、体の調子が悪かったからなのだろうか。

「どうしたの？」

「少し熱いな。風邪でもひいたんじゃないか？」

急激な気温の変化に、大人の美空も体がついていかない。着るものも適当な子供たちは、もっと負担がかかっているのかも。

美空も蒼龍の額に手を当ててると、思いのほか熱が高くて驚いた。

「よく我慢してたね。横になろうか」

心なしか目を潤ませた蒼龍は、力なくコクンとうなずいた。

どんなときでも食事は忘れない蒼龍だが、まったく食欲がない様子だ。食べたいものを聞いても首を横に振るばかりで、りんごをすりおろして持っていくと、ようやくひと口食べられた。

「うーん。つらいね」

最近わがままが爆発していた彼だけれど、うんともすんとも言わない。苦しくて唸り声をあげるというよりは、ぐったりしていて心配が募る。

羅刹に頼んで体温計を買ってきてもらい熱を測ると、三十九度を超えている。あやかしの平熱がどんなものなのか気にも留めていなかったものの、彼らの手を握っても特に熱くも冷たくもないため、おそらく人間と同じくらいのはず。そうであれば、かなり熱が高い。

いつもはまるで趣味のようにケンカをする子供たちだけれど、蒼龍の異変を感じ取ったのか、ほかの三人は奥座敷で静かに遊んでいる。

三人とは別の部屋に寝かせた蒼龍が心配で、美空はほとんどつきっきりだった。

顔を真っ赤にして、フーフーと苦しそうに呼吸を繰り返す蒼龍を見ていると、眉間に深いしわが寄る。

否が応でも父や母が病に倒れて亡くなってしまったときのことを思い出した。

風邪であれば、きっと数日したら元気になっているだろう。でも、ほかの病気だったら？と不安が募る。

「大丈夫だよね。病院行く……？」

発熱の原因がわかれば少しは安心できるのではないかと思い、午後から診てもらえる病院を探そうとスマホを操作したものの、ふと手が止まる。

見た目は人の子と変わらないけれど、内臓もそうなのかはわからない。病院に連れていってもいいものなのか……。

羅刹に聞かなければと立ち上がると、障子の隙間を器用に頭で開けてタマが入ってきた。

タマはついてこいと言わんばかりに、顎で廊下のほうを指して美空を促す。美空が出ていき障子を閉めると、話しだした。

「桂蔵も少し変じゃ」

タマの言葉に血の気が引く。

「桂蔵くんも?」

「遊びに加わらず、寝そべっておる」

桂蔵も熱があるのでは……と、慌てて奥座敷に様子を見に行った。するとタマの話通り、部屋の隅で畳の上に寝そべっている、うつろな目をした桂蔵を見つけた。

「桂蔵くん、調子悪い?」

すぐさま駆け寄り抱き上げると、体が熱い。

「お部屋、変わろうね」

「みしょらー、どうちたの?」

「ストップ。近づかないで」

美空に気づいた相模が寄ってこようとするので、強い言葉で制してしまった。すると悲しげな顔をするので慌てる。

「ああっ、ごめん。桂蔵くんも、お熱があるみたい。病気は同じ部屋で遊んでるとうつりやすいから、違うお部屋に行くね。ふたりで仲良く遊べるかな？」

「おねちゅ？」

美空の言うことを聞いてその場から一歩も動かない葛葉が、首をひねっている。

「お熱出したことないかな？　体がしんどくて、遊べないの」

「あしょべないの、いやー」

相模がしょげている。

「そうよね。桂蔵くんも蒼龍くんも、早く一緒に遊べるように頑張って治すから、待っててあげてね」

「はぁい！」

「いいよー」

相模と葛葉の元気な声を聞き、このふたりは今のところ大丈夫そうだと安心した。

美空は桂蔵を抱いて、蒼龍のいる部屋に連れていった。桂蔵は息が荒く苦しそうで、蒼龍と同じように体温が三十九度を超えている。

つらそうなふたりを見ていられない美空は、羅刹の部屋に向かった。すると、彼がちょうど部屋から出てくる。タマも一緒だ。

どうやらタマから聞いたらしく、心配しているようだ。

「桂蔵くんも熱が高くて苦しそうです。病院に連れていきたいのですが……」

「俺たちあやかしには、人間の薬は効かない」

「そんな」

羅刹の返事に肩を落とす。

「それじゃあ、どうしたら？　あやかしはこういうとき、どうするんですか？」

「万能な薬草があるのじゃ」

答えたのはタマだ。

「持ってるんですか？」

羅刹に詰め寄ると、彼は残念そうに眉をひそめて首を横に振る。

「採ってから数日以内の、新鮮なものでないと効かない。あやかしの世の南部のほうに自生しているはずだが、無事かどうか」

羅刹は困惑を浮かべながら話す。

あちらの世は荒れているという。その薬草もそうした状況では無事に生えているのかわからないようだ。

「桂蔵は？」

「ほかに効くものはないんですか？」

「残念じゃが……」

タマが低い声で答えた。

「採りに行ってみなければわからない。美空、しばらく家を頼む」

羅刹はあやかしの世に行くようなことを言う。

「待ってください。あやかしの世って危険なんですよね」

羅刹もタマもはっきりとは言わないが、天狗の相模が空を飛べずに泣いていたときに、厳しく叱りすぎだと美空が訴えたら、タマが『〝親とはぐれたかわいそうなあやかし〟でずっと生きていけるほど甘くはないのじゃよ』と漏らしたことがある。それに、『一瞬のためらいで落とす命を嫌というほど見てきたんじゃ』と羅刹についても語っていた。

だから、あやかしの世は死と隣り合わせの世界なのだろうと考えていたけれど、違うのだろうか。

「なんとかなるだろ」

羅刹はお決まりのゆるゆる発言をする。いつもならあきれて終わりだが、今回ばかりはそうはいかない。

「もう少し様子を見てから考えましょう。私、蒼龍くんと桂蔵くんについていますので、あとのふたりをお願いします」

美空は羅刹に元気なふたりを託して、部屋に戻った。

顔を真っ赤にしてぐったりしている蒼龍と桂蔵を見ていたら、薬草は欲しい。だからといって、命の危険がある場所に行って採ってきてほしいだなんてとても言えない。しかも、その薬草が存在するのかすらわからないのに。

病院に行っても無駄なら、彼らの免疫力に期待するしかない。そもそもその免疫があるのかどうかもあやしいのだけれど。

「ごめんね。少し頑張ろうね」

美空はふたりの額の汗を拭いながら声をかけ続けた。

夜になり蒼龍が目を覚ましたが、頬がりんごのように赤い一方で、唇は真っ青だ。手に触れてみると熱があるというのに冷たく、まだ熱が上がりきっていないのかもしれないと不安になった。

なんとか水分を摂らせたものの、いつも奪い合いになるバナナですら受け付けない。喉の痛みを訴えるため、ゼリーなら食べられるのではないかと口の前に持っていったが、顔を背けられてしまった。

　食いしん坊の蒼龍が食べないなんていち大事だ。

「みしょら」

「どうした？」

「抱っこ」

　両手を伸ばし抱っこをねだる蒼龍を、しっかり抱きしめた。こんなふうに甘えてくるなんて、よほどつらくて心細いのだろう。

　美空も母が生きていた頃は、熱を出すと母に手をつないでもらわないと眠れなかった。それで熱が下がるわけではないけれど、心が安定したのを覚えている。

「ここにいるからね。大丈夫だよ」

　蒼龍の耳元で語りかけながら背中をトントントンと優しく叩き続けると、彼の体から徐々に力が抜けていき、再び眠りに落ちたのがわかった。

　蒼龍を布団にそっと寝かせた直後、今度は桂蔵がまぶたを開いた。

「桂蔵くん、なにか食べられる？」

　尋ねると、彼は返事の代わりに涙をぽろぽろとこぼす。

　それほど苦しいのだろうと思うと、胸が張り裂けそうになる。

「それじゃあジュース飲もうか」

「じゅーしゅ?」

羅刹に買い物を頼んだとき、経口補水液も頼んだのだ。あやかしの体の構造なんて知らないけれど、もしかしたら効果があるかもしれないと一縷の望みを抱いている。

薬が効かないのだから難しいかもしれない。でも、いつもはぷるぷるの頬になんとなく弾力がなくなっているように感じて、彼の体に水分補給できることを祈って飲ませた。

「ちゅめたー」

「体が熱いから気持ちいいでしょう? もう少し飲める?」

美空が尋ねると、桂蔵はうなずいて再び喉に送った。しかし、ふた口が限界だったようだ。ぐったりした様子で美空に抱きついてきて胸に顔をうずめる。

「つらいね。なにもできなくてごめんね」

桂蔵は熱が上がりきっているのか、手足が燃えるように熱い。溶けてしまうのではないかと不安になる。

世の母親はこんな不安とも闘っているのだと、美空は初めて知った。

桂蔵はしばらくぐずっていたものの、体力が限界のようでやがてコクコクし始めて眠りについた。

このままで大丈夫なのだろうか。ふたり発症しているので、人間であれば感染症なのだろうけれど、あやかしの彼らも風邪のウイルスを拾うものなのか、はたまた別の病なのかわからず、不安ばかりが募っていく。

「みしょらー」

廊下から葛葉の声がする。病のふたりを気遣ったのだろう。小さな声だった。

障子を開けると、隣に相模もいる。

「ご飯食べりゅ？」

「心配してくれたんだね。ふたりは無理みたい。葛葉ちゃんと相模くんは食べた？」

あんなにケンカの嵐なのに、やはり四人の絆（きずな）は強い。

「食べたー。みしょらは？」

「私はいいや」

元気なふたりに羅刹が食べさせてくれたようでありがたいが、そういえば自分はずっとなにも食べていない。でも、熱で苦しむふたりが心配でここを離れられない。

「らしぇつ、おいでおいでしてるー」

「羅刹さんが？」

ふたりと話していると、廊下の先から羅刹が姿を現した。

「美空、食ってこい。俺が見てる」

羅刹らしからぬ言葉に、夢ではないかと疑う。

「でも……」

「お前が倒れたら、こいつらの面倒見られないだろ。いいから食え」

彼は命令口調のうえ、育児を押しつけるようなことを言う。でも、からかうときのように目が笑っておらず、美空を気遣ってくれているのがわかる。

「ありがとうございます。それじゃあ」

美空は羅刹と看病を交代して台所に向かった。

葛葉と相模はついてきて、美空の手をそれぞれつなぐ。蒼龍と桂蔵にかかりきりだったので、寂しかったのかもしれない。仕方がないとはいえ、かわいそうなことをした。

「ふたりはなにを食べたのかな？」

「おにぎりー」

もしやカップ麺？と心配したものの、違ったようだ。

「作ったの？」

「らしぇつ、おっきいの！」

「羅刹さんが作ったんだ」

それまたびっくりだ。

ふたりと一緒に台所へ行くと、調理台の上の皿に美空が作るものより一・五倍はありそうな丸いおにぎりが置いてある。

「なにが入ってるのかな？」

「しゃけー」

相模がうれしそうに教えてくれる。

「羅刹さんって、私が来る前にも作ってくれてたの？」

「ううん。パン！」

葛葉は首を横に振った。やはり適当だったようだ。でも、少しは食生活について考えるようになったのかもしれない。

羅刹の行動にはあきれてばかりだけれど、彼もいきなり人間の世にやってきて、しかもやんちゃ盛りの子供たち四人の面倒を見なければならないとあらば、戸惑いばかりだったのだろう。

それに……羅刹には幼少期の楽しい思い出がないようなので、子育てのお手本となる光景を知らなかった可能性もある。

いや、それでももう少し手伝うべきだ。絶対。

美空はそんな葛藤をしながら、おにぎりを茶の間に運んだ。

「遊んでてもいいよ」

美空が座布団に座ると、ふたりも両側にそれぞれ腰かけて、いつまでも離れないので声をかける。

「お腹空いてる？　足りなかったかな？」

「いっぱい」

おかずも食べたかったのかなと思いつつ尋ねてみたけれど、相模は満足そうに自分のお腹をトントンと叩く。にっと笑った彼は、なにを思ったか美空の膝に頭をのせて寝そべった。葛葉まで続く。

「ふたりも調子悪い？」

焦ったものの、首を振っている。

「みしょらいいー」

葛葉のしおらしいひと言で、甘えたいのだと悟った。

子育てがうまくいかないと悩んでいたところなので、求めてもらえているのだとわかって頬が緩む。

「そっか。寂しかったね」

美空がそれぞれの頭を撫でてやると、満足そうに微笑んだ。

急いでおにぎりをお腹に入れて、ふたりを強く抱きしめる。

母親代わりとしてはきっと足りないところもある。でも、子供たちにとって必要な存在にはなれているのかもしれない。

そう考えると、沈んでいた気持ちが浮上してくる。

「蒼龍くんと桂蔵くん、頑張ってるの。もう少し我慢できるかな？」

「できりゅー」

葛葉がにっこり笑って言うと、相模は少し寂しそうに口を開く。

「みしょら、好き？」

この質問、以前にもされた。

「もちろん、好きよ。皆大好き」

美空は、最近怒ってばかりいるなと反省しながら、ふたりをもう一度抱き寄せる。

明るくはしゃぐ彼らも、両親と離れてしまった今、頼れる者がいなくなるのが怖くてたまらないに違いない。

しっかり抱きしめてやると、満足したのか奥座敷に戻っていった。

すぐさま羅刹と看病を交代しに行くと、彼は蒼龍と桂蔵を見て顔をしかめている。

ふたりは先ほどより苦しそうで、胸郭が大きく動いていた。

「羅刹さん、ありがとうございました。あとは私が」

「やっぱり、薬草を採りに行ってくる。天知眼で、あることは確認した」

鬼の羅刹が持つ天知眼は、過去や未来、そして遠くのものを見られるという。それを使ってあやかしの世をのぞいたようだ。

「でも、羅刹さんが危ないじゃないですか」

苦しそうなふたりを前に、採りに行かないでほしいなんて冷酷だとわかっている。

けれど、命が危ぶまれるあやかしの世に易々と行かせるわけにはいかない。

「俺がいなくなったら生活費が困るって？　それなら――」

「そんなことを気にしているわけじゃありません。羅刹さんが心配なの。あなたは強いのかもしれないけど、ケガをするかもしれないでしょう？」

もしかしたら、あやかしの中でも力を持つという鬼一族の羅刹なら、なんでもない顔をして帰ってくるかもしれない。でも、少しでも危険があるなら行ってほしくない。

美空がむきになると、彼はきょとんとしてしまった。

「俺が？」

「どうしました？」

「いや……なんでもない」

落ち着きなく視線をそらす羅刹は、なにを考えているのだろう。

しばらく沈黙が続き、子供たちのヒューヒューという苦しげな呼吸音だけが部屋に響いた。

意を決したように表情をキリリと引き締めた羅刹は、重い口を開く。

「……俺は幼い頃、ずっとひとりで閉じ込められていた」

「えっ……」

「熱を出そうが死にそうになろうが、誰も助けてはくれなかった。こいつらには、そんな思いをさせたくない」

羅刹が自分の過去について詳しく触れるなんて初めてではないだろうか。自虐的にあやかしの世から逃げたとは話していたが、多くは語ろうとしなかったのに。

羅刹には両親と過ごした記憶がほとんどないとタマから聞いたけれど、記憶がないどころか、そんな過酷な生活を強いられていたとは言葉も出ない。

しかし、羅刹が子供たちに対して厳しい態度をとる理由が垣間見えた。自分の命は自分で守らなければ、生きながらえられなかったのだ。

「そう、だったんですね。でも……」

ますます心配が募る。万が一羅刹に危険が及んでも、美空には助ける術などないからだ。

「約束するよ」

「約束って？」

「必ず戻ってくる」

美空を射る羅刹の強い視線に、覚悟を感じる。

「ほんと、に？　約束ですよ？」

美空は念を押しながら泣きそうになった。蒼龍や桂蔵は助けたいけれど、そのために羅刹を犠牲にするつもりなどさらさらないのだ。

「泣くなよ。不細工になるぞ」

いつものように悪態をつく羅刹だが、大きな手を伸ばしてきて美空の頬にそっと触れる。その触れ方があまりに優しくて、心臓がドクッと大きな音を立てた。

「不細工じゃないもん」

これは精いっぱいの強がりだ。いつも通りのやり取りをしていなければ、本当に泣いてしまう。

「それはそれは」

羅刹は美空をバカにするように言うけれど、表情は柔らかかった。

「タマ」

羅刹が障子の向こうに声をかけると、どこからかタマが現れる。

「少し留守にする。美空に協力してやってくれ」

――ニャーン。

子供たちがいるからか、タマは言葉を発しない。けれど、〝わかった〟という合図であることは、ふたりの視線のやり取りから伝わってきた。

「美空。大変だろうが、四人を頼む。お前もしっかり飯を食え」

「……おにぎり、おいしかったです。でもちょっと塩気が足りないかな。もっと上手に作れるようになるまで何度でもやり直しです。途中で投げ出すのは許さないから」

悪態に込めた美空の〝絶対に帰ってきて、またおにぎりを握って〟という気持ちが届いたのか、羅刹は鼻で笑ったもののうなずいた。

それからすぐに羅刹は屋敷を出ていった。

蒼龍と桂蔵が深い眠りに落ちたのを確認して、喉の渇きを癒しに台所に向かうと、タマがどこからともなく現れた。

「ねえ、羅刹さん大丈夫かな」

この不安は、子供たちには隠しておかなければならない。タマにしか漏らせないのだ。

「天知眼で、ある程度の状況は確認しているはずじゃ。しかし、わしがどんな状況になっているか聞いても答えないのじゃ」

「それって……」

平穏な時間が流れているならばそう言うだろう。隠しているということは、あまりよくないに違いない。

「じゃが、あいつは約束を破ったりせん。性格がひん曲がっているとはいえ、鬼一族なのじゃ。簡単にやられたりはせんじゃろ」

タマなりに励ましてくれているのだろう。

「鬼ってそんなにすごいの？」

「力の強さで右に出る者はいないが、それより頭の回転の速さがぴかいちじゃ。どう戦えば効率的か、なにをするのが最善か、瞬時に見極めて行動する。お父上が苦戦しているようじゃが、羅刹が囚われていなければ大蜘蛛など敵ではなかったはずじゃ」

「囚われて？　その話、詳しく教えて」

閉じ込められていたのは、その大蜘蛛になのだろうか。聞き返すと、タマが〝しまった〟というような顔をして逃げようとするので捕まえた。

「教えてって」

「美空は知らなくていいことじゃ」

「私も家族なの！　羅刹さんの心配をさせて」

羅刹と家族になんてなりたくないとずっと思っていたけれど、彼はもうずっと前から美空にとって大切な存在になっているのだ。

口は悪いし、ろくに働きもせず偉そうだし……腹が立つことだらけだけれど、今回のようにいざというときは最後の砦になってくれる。

しかも、美空が気づいていなかっただけで、子供たちの様子を注意深く見ている。蒼龍の発熱にいち早く気づいたのもそのおかげだろう。

「羅刹に叱られる」

「叱られればいいじゃない」

「お前も鬼じゃのぉ」

タマは猫のくせにしかめっ面をするものの、あきらめたらしい。茶の間の畳に下ろしてやると、話し始めた。

「あやかしの世は、羅刹の父が治めていた。ただ、人間にもあるじゃろう？　権力争いというものが」

タマに問われて大きくうなずく。美空には縁遠い話だけれど、政治の世界だとか、大企業の上層部だとか、そうしたものがあるのだろうなとひしひしと感じるからだ。

「あやかしの世は、羅刹の父が頭となる鬼派が優勢で、長らく争いも起こらず平和じゃった。しかし敵対する大蜘蛛一派が欲を出し、羅刹の父のよくない噂(うわさ)をでっちあげて仲間を募り、戦いを挑んだ。それがあやかしの世全体を巻き込む大きな戦いとなったのじゃ」

「そういえば、蜘蛛……」

ダンゴムシだろうがトカゲだろうが平気な子供たちが、蜘蛛だけは怖がっていた。だからだったのか。

「ただし、能力が劣る大蜘蛛は鬼を簡単に倒せない。そこで大蜘蛛は羅刹を人質に取ったのじゃ。捕まったのはかなり幼い頃で、羅刹は牢(ろう)につながれている時間のほうが長かった」

「そんな……」

美空はふと、羅刹の体にあった無数の傷を思い出した。あれは捕らえられていた間に負った傷かもしれない。

それで両親と過ごした記憶がないのだと納得したものの、羅刹のあまりにつらい状況を想像すると目が潤んでくる。

「羅刹がようやく逃げ出したのは、こちらの世に来る少し前。父やその仲間を助けようとしたが、仲間にすら『鬼が守れなかったからこんなひどい世になった』と責められ通しだったようじゃ」

「守れなかったって……あんまりよ」

ずっと牢で孤独に過ごし、もしかしたら命の危機もあったかもしれない羅刹にかける言葉ではない。

「両親がいるはずの戦いの中心地に向かう途中で、桂蔵と葛葉を託され、あとのふたりも拾って、一旦こちらの世に駆け込んだ。あちらの世とこちらの世をつなぐ入口が数カ所ある。だからその場所を知っているか、たまたまその近くにいなければ人間の世に避難することもままならないのじゃが……」

「それじゃあ、羅刹さんはそれを知っていたのね。よかった」

天知眼で見て知っていたのかもしれない。

それだけでも救われたと、美空は胸を撫で下ろした。

「鬼だけは別格じゃ」

「どういうこと？」

「鬼はその入口を自由自在に作ることができる。ただし、必要がなくなったら閉じてしまうのじゃ」

「タマはどうやって来たの？」

「わしは、そこそこ長く生きているからのぉ。入口の噂は耳にしておったんじゃ。実際に見たことはなかったが、一か八か行ってみたら本当にあったのじゃよ」

「ねぇ、タマっていくつなの？」

そうした話はしたことがなく気になった。

「羅刹より百歳ほど上じゃ」

「ひ、百歳⁉」

驚きすぎて美空の声が裏返る。

「そうじゃ。だから尊敬しろ」

「尊敬できるところが見つかったらね」

美空がそう返すと、タマはあからさまに顔をゆがめた。

『一か八か行ってみた』ということは、タマも危険な目に遭ったのかもしれない。

「タマも争いに巻き込まれていたの？」

「あちらの世で巻き込まれていないあやかしなどいない。誰もがなにかしらの被害に遭い、悲しい思いをしているのじゃ。大蜘蛛側についた者も皆じゃ。大蜘蛛の欲のために、実にくだらん」

苦しげに吐き捨てるタマは、ふぅとため息をつく。

「それじゃあ皆、戦いをやめたいのね？」

それなら無駄な争いをやめられるのではないかと期待が高まる。

「そうだとしても、どちらかの頭が倒れるまでは難しいじゃろう。皆が大切な存在を亡くし、冷静さを失っておる。今や最初の目的より復讐心のほうが大きくなっているやもしれん」

「そんな……」

ひどい悪循環だ。

しかし、家族やパートナー、友人など身近な人を殺されて、仇（かたき）を討ちたいと思う気持ちはわからないではなかった。美空も、子供たちに危害を加えられたら間違いなく取り乱すし、復讐しようと思うだろう。

「羅刹の父は賢い鬼じゃ。不毛な戦いを続けたいとは思っていないはず。じゃが、大蜘蛛に降伏したら、もっと恐ろしい世が待っているとわかっているのじゃよ」

「もっと恐ろしいって？」

「そもそも大蜘蛛は、国をよくしたいなんて気概は持ち合わせていない。私腹を肥やすことしか頭にないのじゃ。仲間ですら、自分に意見する者は反対分子とみなして容赦なく殺るようなやつじゃ」

「そんなの仲間じゃない」

　美空が思わず漏らすと、タマはうなずいた。

「そもそも仲間だとは思っていないのじゃろう。自分の望みを叶えるための道具としか。一度大蜘蛛側に加担した者は、抜けようとしても指示に反しても殺される。最悪、家族まで」

　肌が粟立ち、心臓をわしづかみされたように苦しくてたまらなくなる。

　たった一度判断を誤り大蜘蛛の誘いに乗れば、限りなく死に近い場所に立つことを強いられて逃れられないなんて、あまりに残酷な運命だ。

「戦いが終わっても朽ちた世界が残るだけじゃ。復興しようにも長い道のりになるじゃろう。ましてや自分のことしか頭にない大蜘蛛が頂点に立ちでもしたら、皆が不幸になる未来しか見えぬ」

タマの話に美空は納得した。あやかしの世のすべてを巻き込んだ混乱は、間違いなく暗い影を落とす。それでも羅刹の父はその道を選択した以上、勝たなくてはならないのだ。そうでなければ、未来などない。

あまりにひどいありさまに、美空はしばらく言葉も出てこなかった。

「羅刹はそこから逃げたと自分を責めておるが、そうじゃなかろう。子供たちを守るためにはほかに方法がなかったのじゃ。もちろん、父や母がどうしているのかも。あいつは今でも、あやかしの世が気になって仕方がないはずじゃ」

「天知眼でご両親のことは確認できないの？」

大切な家族が危険にさらされているかもしれないとなれば、気にならないわけがない。

「戦いの中心部に結界が張られているようじゃ。天知眼はその中に入らなければ使えない。薬草は別の地域にあるから、それは確認できたのじゃろう」

「そう、なんだ……」

一瞬期待したが、美空が思いつくようなことは、当然羅刹も試しているに違いない。

争いの中心部に行かなければ両親の無事を確認できないとは。羅刹の胸はどれだけ痛んでいることか。

「羅刹さん、戦いに加勢しに行きたいのかな……」

美空は口に出したものの、声が震えてしまった。羅刹が死んでしまったらと怖くなったのだ。

「あいつ自身も大切な時間を奪われてきたのじゃ。大蜘蛛を憎んでいるのは間違いない。じゃが、ああ見えて子供たちを預かった責任は感じておる。妖狐のふたりの両親が命を落とすのを目の前で見たそうじゃから、残された子は守らなければと思っているはずじゃ」

まさか目の前で――とは。

衝撃の事実に、美空の顔がゆがむ。

「あいつは一日中ゴロゴロしているように見えるが、しょっちゅう天知眼であやかしの世を確認しているのじゃ。それにかなりの力を使うから、休まなければ回復できない」

「そうなの?」

部屋にこもって寝ているだけかと思いきや、そうではなかった。

美空は口うるさく小言をぶつけたことを反省した。

羅刹はぐうたらで、偉そうで、だらしないだけではないらしい。彼の心には大きな棘が刺さっているうえ、とんでもなく大きな責任を背負っているのだ。

「ああ、これは知らないことにしてくれ。あいつはこういうことを知られるのが嫌いじゃ。美空に話したとばれたら、全身の毛をむしり取られる」

「むしり取られたタマも見てみたいわ」

「なっ……」

重くなった空気を払拭するようにおどけてみせるタマに、美空ものった。

羅刹があやかしの世に旅立った今、泣いていたって仕方がない。とにかく自分にできることをして羅刹の無事の帰りを祈るしかない。

それにしても、羅刹が陰で努力するタイプだとは知らなかった。いや、あんな態度ではそう思うのが普通だ。

お茶を飲み、バナナをかじった美空は、一旦奥座敷へと向かった。すると葛葉と相模が手をつないで寝ている。

「かわいい」

やはりふたりでは寂しかったのだろう。四人もいるとケンカばかりで大変だけど、支え合える仲間がいるというのはなかなかいいものだ。

「おやすみ」

美空はふたりのお腹に布団をかけたあと、再び蒼龍たちのもとに戻った。

「母さま……」

ふたりの世話をしている間にうつらうつらしていると、か細い声が聞こえてきてハッとして目を覚ます。すると、眉間にしわを寄せて荒い息を繰り返す桂蔵の目尻から涙がこぼれた。

普段、両親についてなにも口に出さない双子だけれど、羅刹がふたりを預かったときに両親の死を目の当たりにしたのであれば、彼らもその光景を見ているのかもしれない。

「こんなに小さいのに……」

そのときの状況を考えれば考えるほど、美空の胸は痛む。桂蔵の手を握りしめ、口を開いた。

「ここにいるよ。頑張ろうね」

こんな嘘（うそ）、ついてもいいものか迷った。でも、夢の中で母を捜しているのであれば、見つけさせてあげたい。

美空が声をかけると、桂蔵の体から力が抜けて呼吸が整ってきた。

「会えたのかな」

額の汗を拭いながらつぶやくと、桂蔵の頬がかすかに緩んだ気がした。

天知眼で見るあやかしの世は、それはそれはひどいものだ。

羅刹が幼い頃に遊んだ緑豊かだった大地の面影は今では見られず、土砂がむき出しとなっている。それも、大蜘蛛が仕掛けた戦いのせいで洪水が起きたり、森を火で焼かれたりしたせいだ。

「あー、くそっ」

熱を出して苦しむ蒼龍と桂蔵の隣で、天知眼を使って薬草を探していた羅刹は、思わず声をあげた。

ふんだんにあるはずの地域に一本も生えていないのだ。

あやかしの万能薬と言われる薬草は、人間の世にある蓬(よもぎ)に似ている。ただ、においがかなりきつく、煎(せん)じて飲むのもひと苦労。特に、幼いあやかしは吐き出してしまう代物だ。

ただし、とにかくよく効く。病であれケガであれ、摂取して数時間後には元気な体を取り戻す。

その薬草は、あやかしの世でも自然豊かな南方に自生していて、世が混乱する前はいくらでも生えていた。国の中枢から少し離れた場所なので、摘んで運ぶことを生業にしているあやかしがいたくらいだ。それなのに一本も見当たらない。

羅刹は、まさかの事態に頭を抱えた。

間違いなく大蜘蛛一派の仕業だ。しかしあの薬草がなくては、大蜘蛛たちも困るはず。

いや、大蜘蛛は仲間の犠牲など厭わないのだろう。所詮自分のことしか考えておらず、誰が死のうが興味すらないに違いない。

蒼龍たちが真っ赤な顔をしてフーフーと荒い息をする姿を見ていると、胸が痛い。

自分も牢にいた間に何度か経験したが、こういうときは絶望しか見えなくなり、苦しさが増す。

美空が熱心に世話を焼いていることは、きっと彼らには救いになっているはずだ。苦しいとき、そばに誰かがいてくれるのは心強い。痛い、つらいと訴えると励ましてもらえるのはありがたいものだ。

羅刹は遠い昔に、母がひと晩中そばにいてくれたのをうっすらと思い出した。

囚われの身となってからはつらすぎて嫌なことしか思い出さなかったのに、母が握ってくれた手の温かさまで蘇(よみがえ)ってくる。

「ははっ」

羅刹は乾いた笑みを漏らした。

自分にもあやかしの世によい思い出があるなんて。

とにかく今は、ふたりの病状を回復させなければ。

それからずっと天知眼で薬草の在処(ありか)を探ったが、まったく見つからない。

こうなったら、現地に行って探したほうがいいかもしれない。

一本でも見つけられたらそれでいいと、美空には天知眼で薬草を見つけたと嘘をつきあやかしの世に行くと宣言したら、止められた。

家事に育児に、ろくな戦力となっていないのは認める。しかし、万が一のことがあったときに、さすがに四人の将来まで押しつけられては困るのだろうと思ったら、彼女は羅刹の身を心配していた。それが意外すぎて、とっさに言葉が出てこなかった。

いや、そういえば以前にも『ガキ四人も置いて逝(い)かれたら困るって？』と聞いたら、『羅刹さんが死ぬなんて、考えたくもない』と彼女は答えた。あのときも驚いたが、自分のことを心配してくれる存在がいるというのが信じられない。

『鬼のせいでこの地が荒れたんだ』

『今さらいい顔をしたって、騙されないぞ』

『お前が死ねばよかったのに』

ようやく牢から出られて、仲間を助けようとした羅刹にぶつけられたのは、そうした心ない言葉ばかり。誰もが大切な者を亡くし、いつ自分も命を落とすかわからない緊迫した状況に疲れきり、冷静さを失っていた。

そうだとわかっていても、自分も長い間牢で理不尽な折檻を受け、体を傷だらけにして耐えてきたのだ。怒りがこみ上げ、もうどうなろうが知ったことかと投げやりになった。

だからこそ羅刹は、自分を本気で心配する美空に驚いてしまった。しかもうっすらと涙目で訴えてくる彼女に、心の奥のなにかが動いた。

子供たちの世話をさせるために雇った美空は、想像以上の活躍ぶりを見せた。あっという間になついた子供たちはもちろん、羅刹もタマもいつの間にか頼りにしている。

彼女が見せる笑顔にホッとし、口を尖らせて小言をぶつけてくるとからかいたくなる。誰かとかかわってもよいことなどないと思っていた羅刹だったが、美空は別。彼女が近くにいないと、なんとなくそわそわする。

おそらく彼女は知らない。子供たちと遊び疲れて一緒に昼寝をしてしまうたび、羅刹がその寝顔を眺めに行っているのを。

ときには口を開けて寝ているその姿には色気もなにもないけれど、どこか微笑ましいと思うのはおかしいだろうか。

羅刹は感じたことがない感情に少し戸惑いつつ、頬が緩むのを抑えられなかった。

これまで、いつ死んでも構わないと思っていた羅刹だったが、子供たちのために、そして心配してくれる美空のために、必ず薬草を手に入れて戻ってくると約束した。

こんなに気力がみなぎっているのはいつ以来だろう。生きていたいと思ったのは。


屋敷を出て、裏山の目立たない場所へ行くと、天に向かって右手を突き上げる。すると空の一部の空間がゆがみ、あやかしの世へと続く扉が現れた。

羅刹は地を蹴って、その中に飛び込む。

あやかしの世と人間の世をつなぐ扉は数カ所あるが、鬼は自由にその場所を作れる。だからこそ傷ついた四人の子供たちを抱えて人間の世に避難できたのだ。

久々に足を踏み入れたあやかしの世は、天知眼で見たままの光景だった。被害のひどい南部の大地に緑はなく、人間の世でいう砂漠のよう。あやかしの姿も見当たらず、もはやこの地には住めないのだと悟った。

ジャリジャリと土砂を踏みしめる音を立てながら少し進むと、あやかし数体に囲まれたのがわかった。

戦いの中枢から離れている場所まで監視しているとは。

大蜘蛛は、羅刹が持つ天知眼の力を使って、鬼派のあやかしをひとり残らずあぶり出し、殺めようとしていた。それほど寝首をかかれるのを恐れている。だから視界を遮る樹木を燃やし、さらには水でなぎ倒し、力のないあやかしたちまで手にかけたのだ。

ただ、この周辺にいた鬼の仲間たちが全滅したわけではない。遠く東の地域に逃げ、姿を隠しながらひっそりと生活している者が多数見える。その地域は大蜘蛛の力があまり及んでおらず、比較的穏やかなのだ。とはいえ、その平穏な生活をいつまでも続けられる保証はどこにもない。

「はぁ、めんどくせぇ」

羅刹はチッと舌打ちをしてつぶやいた。いかに子供たちの相手が大変でも、こいつらの相手をするよりずっといい。

しかも今は、一刻も早く薬草を探さなければならないのだ。邪魔されたくない。

「さっさと片づけてやる。出てこい」

羅刹が声をあげると、四方を四体のあやかしが囲んだ。

「俺が誰だか知ってのことか」

「知るか。鬼派がまだ残っていたとはな」

正面に立つ、見上げるほど大きな体を持つあやかしは、父くらいの歳だろうか。不敵に笑って羅刹を挑発する。この四人の中では頭的存在のようだが、まったく脅威を感じない。

「鬼派じゃねぇよ。鬼だ」

そう告げた羅刹が角を出してみせると、顔色が変わった。鬼の能力の高さを知っているに違いない。

「お、鬼がなんでこんなところに」

「なんでだろうな。お前たちを殺すためじゃねぇの？」

羅刹が気だるい声をあげると、彼らは身構えた。人形（ひとがた）のためなんのあやかしなのかはわからず、どんな攻撃を仕掛けてくるか予想がつかない。しかし、そんなことはどうでもよかった。

「う、うわぁぁぁっ」

真うしろにいたあやかしが襲いかかってきたのを察した羅刹は、トンと地を蹴り飛び上がると、頭をブルンとひと蹴り。あやかしは吹き飛び、たちまち動かなくなった。

「や、やめろ！」

「お前たちが襲ったあやかしたちは、皆そう言わなかったか？」

次はその左側。容赦なく拳を腹に打ち込むと、近くの岩に叩きつけられ、白目をむいて口から血を吐いた。

圧倒的な力を見せつけられて戦闘意欲が喪失したのか、逃げようとするあとの二体の前に回り込む。もちろん逃がしたりはしない。

「勘弁してくれ」

「話を聞いてやるとは言ってない」

たくさんの命を奪っておいて命乞いなど許せるはずがない。両手でそれぞれのあやかしをむんずと捕まえた羅刹は、互いの頭をぶつけさせてその場に放り投げた。弱すぎて相手にもならない。

そのとき、遠くからドォンというすさまじい轟音が響いてきて、そちらに目を向ける。うっすらと白煙が上がっているようだがよく見えず、天知眼を使った。

するると、結界が張られている中枢近くで大きな火柱が上がり、いまだ激しい戦いが続いているのだとわかる。

試しに結界の中を覗こうと試みたが、やはりなにも見えなかった。

両親や仲間は無事なのだろうか。

今すぐに飛んでいき、戦いに加勢したい気持ちもくすぶるものの、ふと冷静になる。

父は囚われた自分を助けようとはしなかった。牢から逃げたあと出会った仲間のあやかしたちも、全部お前が悪いとばかりに羅刹を罵倒した。それなのに、力を貸す必要があるのだろうか。

今は薬草だ。子供たちと美空が待っている。

羅刹は心をうまく整理できないまま、先へと足を進めた。

天知眼を使いながら探していると、とある岩場でようやく薬草を見つけた。しかし垂直に高くそびえ立つ岩を登っていかなければならない。

とはいえ、登らないという選択肢はなかった。できるだけ高い位置に飛びつくと、腕の力を使ってぐいぐい進む。力のある羅刹には造作もないが、岩がもろくて崩れ落ちてくるため、苦労する羽目になった。

途中で足場が崩れてぶら下がること数回。そのうち一回は右手でつかんでいた岩が羅刹の重さに耐えられずに砕け、左手一本で耐えた。けれど、構わず進む。

苦しむ桂蔵や蒼龍をなんとかしてやりたいというこれほど強い気持ちが、自分にあるのが意外だった。

預かったり拾ったりした子供たちを、なんとか育てなければと思っていたことには違いないが、腹を満たせればカップ麺でもいいと思っていたし、熱を出そうとも何日か苦しめばそのうち治ると考えていた。けれども、今は一刻も早く苦しみから救ってやりたい。

「美空、か……」

あとわずかで薬草のある場所に届くというとき、羅刹はつぶやいた。

美空の存在が、無気力だった羅刹の心を揺さぶっているのだ。もちろん、いいほうに。

なんの能力も持たない人間に翻弄(ほんろう)されていると思うと少し滑稽(こっけい)だ。しかし、少しも嫌ではなかった。

「よかった」

ようやく崖の上にたどり着き薬草を手にできたとき、そんな言葉が漏れて勝手に口角が上がった。

これで子供たちを苦しみから解放してやれる。

薬草は一面に生えていて、ここは大蜘蛛の被害から逃れられたのだと安堵(あんど)した。

この薬草は繁殖力が強いため、これだけあればすぐに再生していくだろう。ただし、争いが止まればの話だが。

崖の上でもう一度天知眼を使う。やはり中枢部は確認できなかったが、その周辺には大蜘蛛派だろうあやかしがたむろしている。どのあやかしも顔に生気がなく、戦いに疲れているように見えた。

そもそも大蜘蛛は、鬼の頭である羅刹の父の傍若無人(ぼうじゃくぶじん)ぶりを吹聴(ふいちょう)していたがまったくの嘘。小さな争い事はあれど、皆平穏に暮らしていた。

しかしろくに働きもせず、暴力で周囲のあやかしを支配したがったならず者たちが、大蜘蛛の挑発に乗せられて反乱を起こしたのだ。

落とさなくてよかった命が次々と旅立ち、自身もいつ逝くかわからない恐怖と闘い、この戦況下では食べ物もろくに口にしていないだろう。

そもそも羅刹の父は、勝手気ままなあやかしではない。あちこちで起きる様々な衝突を阻止すべく、約束事を多数作った。それを破った者を厳しく罰していたため、暴虐な君主だと考える者もいたが、そもそも約束事を作らなければ平穏な生活などなかったのだ。

次はほかの地域にも目を向けた。現在あやかしが多く暮らす東の地域に、ケガをした者が大勢いるのが見える。

薬草を届ければ……。

羅刹はしばし葛藤した。

この薬草があれば、助かる命も多数あるだろう。

東の地域に住まうあやかしは鬼派であるとはいえ、鬼が引き起こした混乱だと思っているのであれば、自分は恨みの対象だ。また、罵倒される。

崖からヒョイッと飛び降りた羅刹は、美空たちが待つ人間の世に戻ろうとした。しかし、どうしても足が動かず、気がつけば東の地域に向けて走りだしていた。

身体能力の高い鬼は、何キロもの道のりを瞬時に駆け抜けられる。あっという間に東の村の入口に到着した羅刹は、手に薬草を握りしめたままどうすべきかわからないでいた。

正直に鬼だと打ち明ける必要はない、鬼であることを隠して置いていけばいい。

そう思い足を踏み出した瞬間、背後からふたりのあやかしがやってきた。ひとりは頭から血を流し、もうひとりが肩を貸して支えている。

羅刹は慌てて物陰に隠れた。

「誰か、誰か手を貸してくれ！」

男が大声を張り上げると、たちまち数人のあやかしが姿を現し、ケガをした者を運び始める。

「誰にやられた」

「蜘蛛の仲間だ」

「くそっ。鬼がしっかり大蜘蛛を抑えておけば、こんな事態にならなかったのに」

羅刹はその言葉を聞いて目を閉じた。

すべては鬼のせい。父や母は今でも命を張って戦いに挑んでいるだろうに、それも彼らからすれば自業自得だと言いたいのだろう。

憤りの前に悲しみが襲ってくる。

「美空……」

――俺の心配をするのは、お前だけだ。

人間の世と同じように天高く昇る太陽が、羅刹を照らす。しかし羅刹の心は、牢にいた頃と同じ暗闇に引きずり込まれそうだった。

こんなとき美空ならどうするだろう。彼女はどんなときも全力で、自分が最善だと信じた道を突き進む。その結果、傷だらけになろうとも、『やっちゃった』と笑っていそうだ。

「おい」

羅刹は近くにいた男の子に声をかけた。

「これをケガをした人のところに持っていってくれないか」

蒼龍と桂蔵のために数本残して、あとの薬草をすべて渡す。

「わかった」

不思議そうな顔をしながらも引き受けてくれた男の子に「頼んだぞ」と言うと、そっとその場から離れた。

あれだけあれば、ケガを負っているほかの者も助けられるはずだ。摘んだあと数日しか効果がないのが残念だが、ないよりずっといい。

それから羅刹は、すぐに人間の世に戻った。

羅刹はなかなか戻ってこなかった。

「お願い、無事でいて」

白み始めた東の空を見上げて、美空は願う。

桂蔵と蒼龍の熱は相変わらず高く、なんとか水分が摂れるくらいの状態で、葛葉たちも心配している。

人形にはなれないタマだけれど、美空が食事をする間、蒼龍たちの様子を見ていてくれたり、かまってやれない葛葉たちを遊ばせるためか、庭でわざと追いかけられたりもしていた。

元気な子供たちとタマの食事を台所で準備し始めた頃、かすかに門が開く音がした。

「羅刹さん？」

慌てて火を止め、玄関に走る。すると顔を泥で汚し、着物を乱した羅刹が蓬のような葉を無造作に握って入ってきた。

「おかえりなさい」

無事を確認した瞬間、美空の頬に涙が伝う。それを見た羅刹は一瞬目を丸くしたものの、すぐに鼻で笑った。

「だから、不細工」

「不細工じゃないもん」

先日と同じやり取りは、美空の心を落ち着かせた。まさか、悪態がうれしいと思う日が来るとは。

涙が止まらなくなり鼻をすすると、羅刹が近づいてきて美空の頬に手を伸ばし、涙を拭う。

「あっ、悪い。汚れた」

「ちょっ……」

体をのけぞらせると、羅刹が珍しく優しい笑みを見せる。いつの間にか涙が止まっていて、彼が気をそらさせてくれたのかもしれないと感じた。

「ふたりは？」

「まだ熱が高くて、今は眠ってます。相模くんたちのご飯を作ろうと思ってたんですけど、羅刹さんも食べますよね」

「そうだな。食ってないから腹減った。でもその前に」

彼は左手に持った薬草に視線を送る。

「それ、どうすればいいんですか？」

「煮出して飲ませるんだ。かなり苦いから、吐くかもしれないが」

聞いただけで顔がゆがむ。美空も苦い漢方薬を飲んだ経験があるが、吐きそうだった。

「それなら、ココアを入れてみましょう」

「ココアってなんだ？」

「チョコレートのように甘い飲み物です。子供の頃苦い薬を飲めなくて、母が工夫してくれたんです」

ふとそんな経験を思い出し、試してみる価値はあると思った。

羅刹が採ってきた薬草を煮出し始めると、台所中になんとも言えない苦々しくて泥臭いような香りが漂い、吐くのもわかると納得する。

「良薬は苦いって言うしね……」

羅刹曰く、この薬草は万能で、発熱にも腹痛にも頭痛にも傷にも効くのだとか。ただ、摘んでから数日のものでないと効果がないようで、常備しておけないのが玉に瑕らしい。

朝食にたまご焼きとウインナーを準備して、炊き立てのご飯でおにぎりを作り始めると、ココアを買いに行ってくれていた羅刹が隣にやってきて手を伸ばす。

「作ってくれるんですか？」

「誰かが偉そうなこと言ってたからな」

『ちょっと塩気が足りない』と口にしたことを指しているのだろう。でもあれは、ちゃんと帰ってきてという意味で……と思ったけれど、羅刹もわかっている気がした。

「ココアってやつを作ってくれ」

「わかりました」

羅刹が協力的なんて雨でも降りそうだ。けれど、自身も幼い頃に心細い思いをしているので、子供たちの苦しさがわかるのかもしれないと納得した。

おにぎり作りを羅刹に任せて、薬草を煮出した液にココアを投入して混ぜる。

「これ、私が味見してみても平気ですか？」

ひと口分スプーンにすくった美空が問うと、羅刹が美空の手を取りあっという間に自分の口に入れた。

食べさせたみたいで少し照れくさい。

「これなら飲めるんじゃねぇ？　こっちには便利なものがあるんだな」

余計に苦くなっていたらほかの方法を考えなくてはと思ったが、どうやら合格が出たようだ。

「……いつか、あやかしの世に持っていけるといいですね」

「は？」

「いえ、なんでもないです」

荒んでいるというあやかしの世に平穏が訪れて、苦い薬をココアで飲める日がくればいいのに。

ただ、今の羅刹にそれを言って重い荷物を背負わせるのは酷だと、口をつぐんだ。

羅刹はあちらの状況について話そうとしないが、疲れた彼の様子から大変だったことは伝わってくる。命の心配などせずに生きられることが、これほど幸せだとは知らなかった。

タマに蒼龍と桂蔵の様子を見てもらっている間に、久々に葛葉と相模、そして羅刹と一緒に食卓を囲んだ。

「おっきー」

相模が手にしたのは、羅刹が作った特大おにぎりだ。

「羅刹さんが作ってくれたんだよ」

「しゃけ？」

今度は葛葉が尋ねる。

「あ……塩」

羅刹は今思い出した！というような顔をして、しれっと答える。どうやら具を入れ忘れたようだ。

「えー」

葛葉が肩を落とす。

「しょうがねえだろ。美空が、塩がどうとかってうるさいから」

「私のせい？」

「そうだろ」

「違いますー」

いつものテンポだ。ただやっぱり、ちょっと腹が立つ。

「それ食ってたまごも口に入れたら、たまごおにぎりだ」

「そっかぁ」

——いやいや、騙されないで葛葉ちゃん。

美空は心の中で叫んだものの、修羅場はごめんなのでもちろん黙っておく。

葛葉と相模の笑顔がいつもより弾けているように見えるのは、気のせいだろうか。

羅刹がいない間、ふたりの食事は準備したものの、一緒に食べてやれなかったので寂しかったのかもしれない。

――ニャーオ。

美空がおにぎりを半分食べたところで、タマが顔を出した。

「起きた？」

――ニャン。

コクコクうなずくところを見ると、そうらしい。

「タマもおにぎりあるよ。塩むすびね」

――ニャァァァオ！

やはり、具なしなのが気に入らないらしい。不機嫌そうに鳴いている。

美空は薬入りのココアを持って、茶の間を出た。

「みしょら」

弱々しい声で呼ぶのは蒼龍だ。

「よく頑張ったね」

といっても、触れた額はまだ熱い。

「喉渇いたー」

「そうだね。これ、お水。あとね、おいしい飲み物作ったんだけど飲んでみる？」

美空はあえて薬だとは告げずに問う。蒼龍が薬草を口にしたことがあるかどうかは知らないけれど、身構えると余計にまずく感じると考えてのことだ。

「飲むー」

少しよくなってきているのだろうか。まともにしゃべれなかったのに、今日は答えられる。

美空は蒼龍を膝に抱き、まずは水を飲ませる。たくさん汗をかいて水分を欲しているようで、ごくごくと喉を鳴らしながら飲んでくれた。

「次はこれね」

受け入れてくれるかドキドキしながらココアを出すと、蒼龍はすーっと息を吸い込んで匂いを嗅いでいる。

ココアのおかげで随分隠せてはいるけれど、注意深く嗅ぐとかすかに苦い香りがするのでドキッとした。

「甘ーい」

「そうなの。甘いよ」

気づかなかったと胸を撫でおろしながら答えると、彼は一気にそれを飲み干した。

なかなかの飲みっぷりだが、慎重に飲まれて途中で気づかれるよりいい。

しかも、特に吐きそうな様子も見られず、それどころか目尻が下がったような。

「おいちぃ」

「よかった」

蒼龍が敏感すぎなくて助かった。

もう一度彼を横たわらせ、頭を撫でてやる。

「よくなるといいね」

「みしょら、いっちょ」

美空の手を熱い手でしっかり握る彼は、ここにいてと主張しているのだろう。

「うん、一緒にいるよ。調子の悪いときはたくさん寝て体を休めてあげるといいの。眠れそうなら寝ようか」

ずっと寝ているふたりだけれど、苦しさに顔をゆがめているので、熟睡はできていないはずだ。

美空が睡眠を促すと、手を握ったままの蒼龍は素直にまぶたを下ろして再び眠りに落ちた。

一番育てやすいと感じていた彼だけれど、最近は駄々をこねる姿がよくみられて少し手を焼いていた。でも、やっぱり天使だ。

葛葉ほど口が回らない蒼龍は、うまく気持ちを伝えられずもどかしくて爆発してしまうのかも。したいことだらけなのに、ちょっと不器用でできないのも癇癪を起こす理由のような気もする。

四人の育児をしていると、『いやぁ！』と主張されるたびにため息が出るけれど、沙良ママが言っていたように脳の成長の証であれば受け入れなければ。

少し心に余裕ができると、そんなふうに考えられるようになる。

「お母さん、大変だな」

世の母親たちの大変さを改めて知ったが、羅刹が覚悟を持ってこの子たちを預かったのであれば、できる限り協力したい。

交代で目覚めた桂蔵にもココアをあげてみると、彼は蒼龍ほど勢いよくは飲まず緊張が走った。でも、初めての味に戸惑っていただけで、飲み干したあと「お代わりは？」と聞くので噴き出しそうになった。

蒼龍よりは症状が軽そうな桂蔵は、バナナを食べたがり、しかしひと口だけでギブアップして再び横になった。

羅刹が摘んできた薬草の効能のすごさを知ったのは、お昼過ぎ。台所で昼食の準備をしていると、蒼龍が「みしょらー、空いた！」と元気いっぱいに飛び込んできたのだ。

「ええっ、ちょっと、大丈夫なの？」

一緒にやってきた桂蔵も、見れば顔色がすっかりよくなっており、近づいて額に触れてみても熱は下がっている。

「ねぇ、空いたよぉ」

桂蔵も美空の脚に抱きついて空腹を訴えてくる。

たった一度薬を口にしただけで、ここまで回復するとは。やはりあやかしと人間はいろいろ違うと思わされたものの、目の前のふたりはかわいい人間の子供にしか見えない。

「わかった。ちゅるちゅるいっぱい作るね」

回復してきたらお粥（かゆ）から始めるつもりだったものの、この調子なら普通の食事でも大丈夫だろう。

そのとき、ふたりを見ていてくれた羅刹も顔を出した。

「お薬を羅刹さんが採りに行ってくれたの。ありがとうしようね」

美空がふたりに伝えると、羅刹は少し驚いた顔をしている。

「あーっと」

「あーっと。お薬、なあに？」

蒼龍に続いてちょこんと頭を下げた桂蔵が、鋭いつっこみを入れてくる。そういえば、甘い飲み物を飲んだだけで薬だとは知らないのだった。

「えーっと、おいしい飲み物に入ってたんだよ。羅刹さんのおかげで、ふたりともこんなに元気になったの」

「そっかー。あーっと」

納得した桂蔵がもう一度羅刹にお礼を言って、彼の脚に抱きつくのが微笑ましかった。

羅刹もまた、蒼龍と桂蔵の頭を撫でてやっている。

この光景だけ見れば、まるで親子だ。

久々に全員そろった食事は、いつも通り大騒動。子供たちはテンションが上がりすぎていて、おしゃべりに夢中だからかスパゲティがそこら中に散乱している。

「ストーップ。食べるときは黙って。ほら、こぼれてる」

子供たちの世話をする美空は、自分の食事もままならない。一方、端に座る羅刹は、涼しい顔でフォークを口に運んでいる。

「羅刹さん、手伝ってください」

「なんで」

「なんでって！」

少しは見直したのに、この言い草。やっぱりカチンとくる。彼は美空を怒らせる天才だ。

ため息をつきながら隙を見て食べていると、さっさと食べ終わった羅刹がフォークを振り回していた葛葉の腕をなにも言わずにつかんで止めた。

次は、フォークに刺したウインナーが落ちそうになった桂蔵の前に皿を差し出して受け止めている。

——あれっ、もしかして今までもこうやってサポートしてくれていた？

美空は驚いてしまった。

余裕がなくて羅刹の行動まで注意していなかったけれど、さりげなく手を貸してくれていたのかもしれない。

だからといって、手助けが足りているとは言い難いし、あの言い草はなんとかしてほしいところだけれど。

食べ終わった子供たちの体力が爆発し始めた。蒼龍と桂蔵も、本当に病気だったのかと思うほど元気に復活していて、一目散に庭に出て駆け回り始める。

「無理しちゃダメよ」

ひやひやするものの、子供たちの弾んだ声に頬が自然と緩んだ。

洗い物を済ませて縁側に向かうと、蒼龍が近寄ってくる。もうすっかり血色がよくなっており、つい先ほどまで熱があって唸っていたようにはとても見えない。

「みしょらー、行くよー」

美空の手をぐいぐい引く彼は、一緒に遊ぼうと誘っているようだ。

さすがに看病疲れでふらふらなので、「ちょっと休ませて」と縁側に腰を下ろしたが、ほかの三人まで寄ってきて、美空を誘う。

「あげりゅー」

得意顔でバッタを差し出すのは相模だ。

「あー、私は大丈夫だから」

子供たちにとっては宝物だが、美空はどうも苦手で、できれば触れたくない。

「みしょらぁー」

蒼龍より積極的に腕を引く葛葉は、相変わらずポケットが膨らんでいる。なにが入っているのか聞くのも恐ろしい。

「わかった。ちょっとだけ遊ぼう——」

観念して立ち上がろうとしたとき、突然視界が揺れ始めて、その場にしゃがみ込んだ。

——ニャーオ。

タマの大きな鳴き声は聞こえてきたけれど、子供たちがなにを言っているのか理解できない。意識が遠のきそうだ。

「美空！」

直後、部屋にこもったはずの羅刹の声がして、抱きかかえられる。

タマが知らせに行ってくれたのかもしれないと思ったのを最後に、記憶がぷっつり途絶えた。

ふと目覚めると、あたりが真っ暗になっていた。

体の右側には、葛葉と桂蔵。左側には相模と蒼龍が美空にくっつくようにして眠っている。

「目が覚めたか？」

小声で尋ねてくるのは羅刹だ。

「私……」

どうしてこんなことになっているのか考えようとしたが、こめかみにズキッと痛みが走り、顔をしかめた。

「気分が悪いのか？」

天知眼という特別な目を持つ羅刹は夜目も利くのか、美空の表情の変化を見逃さない。

「少し」

頭が痛いだけでなく、体がとてつもなくだるい。これは子供たちの風邪がうつったかもしれない。

そうだとしたら、まだ風邪をひいていない葛葉や相模から離れなければ。

起き上がろうとすると、すかさず羅刹が支えてくれた。

「風邪をひいたかもしれません。子供たちにうつさないように……えっ？」

美空が声をあげたのは、羅刹に抱き上げられたからだ。

「四人を動かすより、お前ひとりのほうが早い」

「そ、そうですけど」

公園で拾われたあの日。米俵（こめだわら）のように抱えられはしたけれど、俗に言うお姫さま抱っこというものをされて、恥ずかしさのあまり熱が上がりそうだ。

しかし羅刹はなんでもない顔をして、スタスタと自分の部屋に進む。そして、すでに敷いてあった布団に寝かせてくれた。

「タマ」

「なんじゃ」

羅刹が声をかけると、タマがすぐに入ってくる。

「子供たちを頼む」

「はー、お前は猫使いが荒いのぉ」

タマは悪態をつきながら近づいてきて、美空の顔を覗き込む。

「美空。お前が早く治らないと、わしが大変じゃ。さっさと寝ろ」

そんな言い方はないんじゃゃ……と眉間にしわが寄ったものの、これまでの羅刹やタマを見ていて、彼らは素直ではないのだとうすうす勘づいている。おそらく、ゆっくり寝て早く治せと言いたいのだ。

「ツンデレね」

「なんじゃそれは」

美空のつぶやきに反応したタマは、首をひねりながら出ていった。

羅刹も一旦出ていったけれど、すぐさま水と体温計を持ってきた。

「ほら」

相変わらずぶっきらぼうだが、彼は体温計のスイッチを入れてくれる。

「ありがとうございます。羅刹さん、お部屋お借りします。私の部屋で——」

「俺の部屋はここだ」

二階にあるほとんど使っていない美空の部屋で休んでもらおうと考えたのに、なかなか頑固だ。

「それじゃあ私は……」

だるい体を起こして部屋を移動しようとすると、いきなり水の入ったコップを握らされた。

「飲め」

「ありがとうございます」

雑な扱いにあきれそうになったものの、雑というよりどうしたらいいのかわからないのかもしれないとも思う。

ただ、体調が悪いときはもう少し優しくしてほしいのが本音だ。

「お前にも看病するやつがいるだろ？」

「えっ？」

美空は一瞬意味を呑み込めず、首を傾げる。

よくよく考えると、彼がここは自分の部屋だと主張したのは、〝出ていけ〟という意味ではなく、〝看病してやる〟ということだったのかもしれない。

まさかそんなことを言いだすとは露ほども思わず、美空は瞬きを繰り返す。

羅刹もツンデレだ。素直に看病してやると言えばいいのに。

体温計のアラームが鳴ったので確認すると、三十七度二分。さほど熱は高くないようだ。

「人間に効く薬はどこで買える？」

買いに行こうとしているのだろうか。羅刹はぶっきらぼうに質問してきた。

「薬局にありますけど……。この時間だと駅前の薬局じゃないと開いてないかも」

時計を見ると、もうすぐ二十一時半。歩いて二十分ほどかかる駅前の薬局なら二十三時まで開いているが、一番近い薬局は二十一時閉店のはずだ。

「なにを買ってくればいい？　苦い薬か？」

なんというざっくりさ。苦い薬をくださいと言われたときの店員の困った顔が頭に浮かぶ。

ただ、あやかしの不調はあの万能な薬草でなんでも対処できるのだから、ピンとこないに違いない。

「人間の薬は、あまり苦くないように作ってあるんです。ちょっと遠いですし、解熱剤なら何錠か持っているので、それで大丈夫」

生理痛がひどいとき用に、バッグに入っているはずだ。そもそも熱も高くないし、風邪だとしても寝ていればいい。

「解熱剤？」

「熱を下げるお薬です。でも、まだ使わなくてもいいかも。もしひどくなったら飲みます」

「そうか」

羅刹はよくわかっていないようだが、うなずいた。

美空は目を閉じてみたものの、眠れそうになかった。羅刹は本気で看病してくれるらしく、出ていく気配がない。

しばらくして目を開けると、彼は押入れのふすまにもたれて座ったまま、放心していた。

「羅刹さん」

「苦しいのか？」

しかし声をかけるとすぐさま反応して、顔を覗き込んでくる。

「眠れないだけです」

「こういうときはどうしたらいいんだ？」

幼い頃、大蜘蛛に捕まりずっと牢に閉じ込められていたという彼は、美空にとってはあたり前のこともあたり前ではないのだろう。ケガをしようが熱が出ようがひとりで耐えてきたのだから、看病がどういうものなのかよくわかっていないに違いない。

「なにもしてくれなくていいです。そばにいてくれるだけで」

桂蔵も熱に浮かされて母を呼んだとき、声をかけて手を握ったら安心したように深い眠りに落ちた。

誰かがそばにいてくれるだけで、つらさが軽減するのだ。羅刹にはそうやって寄り添う者がいなかったと思うと、胸が痛む。

「そばにいるといいのか？」

「そうです。羅刹さんがいると、安心します」

育児も家事もまったく戦力にならない彼だけれど、いてくれると心強い。こうしてなにかあったときは助けてくれるという安心感があるのだ。

これまで彼の無責任さにため息ばかりついていたのに、不思議だけれど。

「安心……」

不思議そうな顔をする羅刹は、美空の思いがよく呑み込めないらしい。ずっとひとりで生きてきたのだから、誰かにいたわられた経験もなく、理解できないのだろう。

「家族、ですから」

美空も母、そして父を亡くして、孤独だった。けれど羅刹たちに拾われて、倒れるほど忙しくて大変ではあるけれど、寂しくはない。

「家族か」

羅刹はぼそっとつぶやいた。

きっと、両親に会いたいだろう。心配だろう。そんな気持ちを吐き出せばいいのに、彼はしない。

「私、子供たちが迷ったときや不安なときに駆け込める場所になりたいんです。楽しいことはもちろんですけど、つらいとか悲しいとか……そういう感情も、打ち明けられる存在になりたい。助けられるかどうかわからないけど、その気持ちを半分もらってあげられれば……」

美空は子供たちについて話したけれど、羅刹にもそう伝えたかった。彼が美空の前で泣くようなことはないだろうが、弱音くらいたまにはこぼしてほしい。

「気持ちがもらえるのか？」

羅刹は美空の目をまっすぐに見つめて問う。

「つらい気持ちはひとりで抱えるより誰かに聞いてもらったほうが、心が軽くなるんですよ」

美空が答えると、腕組みをした羅刹は黙り込んでしまった。

「それじゃあ、お前も話せ」

「ん？」

「つらいんだろ？」

羅刹が美空の頬にそっと触れるので、心臓がドクッと大きな音を立てる。

いつも売り言葉に買い言葉なのに、こんな優しい対応をされると調子が狂う。けれども、心地いい。

「少しだるいです。でも、それほどひどくないから心配しないでください」

食欲はないものの、子供たちのように苦しさに唸るほどではない。

「そうか」

羅刹の表情が柔らかくて、やっぱりどう対応していいのか戸惑ってしまう。ただ、もしかしたらこれが素の彼なのかもしれないと、なんとなく感じた。

長い間閉じ込められて、おそらく怖い目にも遭ったはずだ。そのせいで感情が凍り、他人とのかかわり方もよくわからず……とんでもなく不器用な鬼になってしまったのかも。

そんな予測を立てた美空は、羅刹をまじまじと見つめた。すると彼が視線を絡ませてくるので、思わず目をそらす。

「なにか言いたかったんじゃないか？」

「違います。大丈夫」

照れくさかっただけだ。

「そういえば……あやかしの世は、どんな状態だったんですか？」

話そうとしない彼に聞くのもどうかと思ったが、もしつらい光景を目の当たりにしてきたのであれば、半分背負いたい。

そう考えた美空は、思いきって尋ねた。

羅刹はしばらく黙り込む。

やはり聞くべきではなかったのだろうかと思っていると、彼はふぅ、とため息をついたあと話し始めた。

「薬草のある地域は、昔は緑あふれる場所だったんだが……荒れ果てていた。あやかしの姿はまばらで、俺がこっちに逃げてきた頃よりひどい。天知眼で見て、ある程度は知っていた。でも、あそこまでとは」

羅刹は悔しそうに唇を噛みしめる。

「ほかの地域に逃げたあやかしたちもケガを負っている者が多く、薬草を届けてきた。天知眼がなければ簡単には探せないからな。だから遅くなった、すまない」

「謝らなくても。羅刹さんは正しいことをしたんです」

もしかしたらケガをしたあやかしの中には、命が危ぶまれる者もいたかもしれない。そうであれば、優先するのが正解だ。

「正しい、か。なにが正しいんだ」

彼は吐き捨てるように言う。

仲間を助けようとしても、鬼のせいでこんな事態になったと責められては、どうしたらいいかわからないのもうなずける。ましてや彼は、ずっと囚われていたのだ。一番の被害者のはず。

「ご両親が戦っていらっしゃるんですよね」

尋ねると、羅刹は目を見開く。

「タマがしゃべったのか」

「あっ、毛をむしり取るのはやめてあげて」

「なんのことだ？」

羅刹は怪訝な目で美空を見たあと、真顔に戻って続ける。

「父と母がいる場所は、天知眼が利かない。近づけばもしかしてと期待したが、やはり無理だった。ただ……」

羅刹がそこで言葉を止めるので、緊張が走る。その先を聞きたいような聞きたくないような。

「近くで火柱が上がるのは見えた。まだ争いが続いているのは間違いない」

美空は思わず目を閉じた。

羅刹の苦しみを半分背負いたいと思っての質問だったけれど、そこに両親がいるかもしれない彼の胸の内を思うと、そんなに簡単な問題ではないと感じた。

「……援護に行きたいですか？」

美空の声が少し震える。

たとえ彼が戦いに加わりたくても、危険な場所に行ってほしくない。戦いの中枢に向かうのは、薬草を採りに行くのとはわけが違うのだ。それこそ、命を失う覚悟をして行かなければならないはず。

そんな覚悟は到底できそうにない。

「いや。行っても、鬼は責められるだけだ。バカらしい」

羅刹はそう吐き捨てるけれど、美空から視線を外す。

言葉とは裏腹に、仲間たちを気にしているのがありありと伝わってくる。ただ、羅刹を危険にさらしたくない美空は、それ以上なにも言えなかった。

「そっか……。でも、子供たちは羅刹さんに助けられて幸せですよ」

理不尽に責められても、羅刹は子供たちを放置しなかった。彼は人間の世に逃げてきたと責任を放棄したような言い方をするけれど、タマが話していた通り、四人を救わなければという気持ちが強く働いた結果のはずだ。

「そんなわけ――」

「絶対です」

美空が断言すると、彼は目を見開いている。

「皆、笑ってるじゃないですか。生きているでしょう？」

感情が高ぶり、ほろりと涙がこぼれる。

「生きているって、大切なことです。だって、また希望を抱けるんだもの」

「希望を抱けるのか?」

「羅刹さんだってわかってるくせに。天知眼で未来を見ないのはそのせいなんでしょう?」

美空が天知眼について知った頃、羅刹は『俺が見られるのは、今の時点での未来だ。でも、未来は変えられる。だから見たって意味がない』と話した。

その頃、羅刹はまだ未来を信じていたはずだ。

もしかしたら天知眼で見る現在のあやかしの世の状況が次第に悪くなってきて、絶望しているのかもしれない。

美空にはよくわからないけれど、あきらめたら終わりだ。

「そう、だな」

羅刹はばつが悪そうに言う。

「口で言うのは簡単だってわかってます。でも、やっぱり未来は変えられるんですよ。希望を捨てたら、そこで全部終わっちゃう」

かといって、羅刹に危険なことはさせたくないという矛盾した気持ちがあり、美空は激しく葛藤する。

気持ちが入りすぎたせいか、涙が止まらない。頬を拭おうとすると、羅刹が美空の手を握って止めた。

「泣きたいんだろ？」

「えっ？」

「俺が半分もらってやるから泣け」

そんな命令、初めて聞いた。

けれどきっと、ツンデレな彼の精いっぱいの優しい声かけなのだ。

「他人のために泣くとか、バカだな」

「ひどい」

「だけど、悪くない」

いつもの悪態のあとにふと柔らかな表情でそう漏らす羅刹は、大きな手で美空の顔を拭った。

第三章　駄菓子には優しさを添えて

美空は大事には至らず、風邪というより過労だったようだ。羅刹に看病されながら丸二日寝ていたらすっかり元気になった。

美空が食事を作れない間は、羅刹がおにぎりをこしらえたり、弁当を買いに行ってくれたりしたらしい。

カップ麺と食パンだけの生活には戻らなかったようで、ホッとしている。

復帰して昼食に子供たちが大好きなフレンチトーストを作ると、すさまじい勢いでかぶりついた。

「お前ら……」

羅刹があきれているのは、しっぽや耳を出す子供たちが、口の周りをメイプルロシロップでべたべたにしながらおしゃべりしているからだ。

「その出てるものを隠す気あるのか？　いつまで経（た）っても、外では食えねぇぞ」

たしかに、隠す気はゼロだ。

美空は家の中でなら自由にすればいいと思っていたけれど、羅刹の言うことにも一理ある。制御できなければ、外食は難しい。

以前、ショッピングセンターのパン売り場で食べたときは、うまく隠していたようだけれど、パンひとつという短い時間だった。練習しておかないと、これからレストランで食事する機会があったときに、ついうっかり出してしまってもおかしくない。

「おしょと？」

「食べりゅ？」

ところが子供たちは、苦言はどこ吹く風で都合のいいところだけばっちり聞いていたらしく、目が輝いている。

「美空」

羅刹はため息をつくと、美空に視線を送る。

「はい」

「しつけとけ」

「なによ、偉そうに。羅刹さんがやればいいじゃない」

そもそも、耳やしっぽを出さない方法なんて美空は知らないのだから、しつけるもなにもない。

看病してくれたのもあって少し見直していたのに、どうしても腹が立つ。

「みしょらー、おしょと行く？」

相模が食いついてくる。

蒼龍と桂蔵が熱を出して、そのあと美空が倒れ、ずっと家の中だったので、外に行きたくてうずうずしているに違いない。

「そうだね。お昼食べたらお出かけしようか」

美空が提案すると、「わぁー」という子供たちの喜びいっぱいの声が広がる。一方羅刹は、思いきり顔をしかめた。

「たまには家で遊べ」

「おうちでいっぱいあしょんだもん」

葛葉が羅刹にすぐさま反撃した。

「いやぁ、おしょと行くのぉ」

蒼龍のイヤイヤが始まると、羅刹は深いため息をつき、肩を落としている。

「あっ、ごめん。食べてからお話ししよ」

話すタイミングを間違えたらしい。興奮のあまり、相模の口からフレンチトーストが飛び出してきた。

「どこ行くのー？」

葛葉がメイプルシロップでべたべたになった手で、美空の腕をつかむ。

「うわ……。油断した」

顔をしかめると、茶の間の片隅で同じくフレンチトーストをかじっているタマが、右の口角を上げた。笑っているのだ。

「葛葉ちゃん、座る。ちゃんと食べないと連れていかないぞ」

美空が言うと、子供たちは再び食べ始めたものの、残りを口に入れた羅刹が部屋を出ていこうとする。

「羅刹さん、どこ行くんです？」

「ちょっと用があるんだ」

見え見えの嘘が通用するとでも思っているのだろうか。

どうやらあやかしの世を天知眼で調べているようだけれど、これまでだって公園やスーパーに行く時間はあったし、ただ出かけるのが面倒なだけだろう。

「夕飯いらないんですね」

「わかったよ」

チッと軽い舌打ちをした羅刹は渋々席に戻った。

羅刹に食べ終わった子の手を洗ってもらい、全員そろったところで話しだす。

「公園で雄平くんママに教えてもらったんだけど、駄菓子屋さんがあるんだって」

「しょれなあに？」

食いつくのは桂蔵だ。

「お菓子がいっぱい並んでるの。スーパーで小さいお菓子を買うでしょう？」

時折ひとつずつという約束で駄菓子を購入するため、子供たちの頭にイメージが湧いたようだ。途端に目が輝きだした。

「パリパリ？」

「シュワシュワ？」

相模と葛葉が、それぞれ好きなものを口にする。

「そうね。おせんべいもラムネとあると思うよ。そういうのがいっぱいあるの。二百円ずつ渡すから、好きなものを選んで買っていいよ。でも、二百円超えると買えないから、買う前に私に相談してね。今日は、お店の人にお金を渡すのも自分でやってみよう」

子供たちには計算は無理なので、正直面倒だ。でも、これは社会を知るための第一歩だと美空は考えている。

あやかしの世に平和が戻るまでは、この子たちはこちらで生きていかなければならない。それなら、社会の仕組みを覚えてほしい。

駄菓子屋の店主は子供好きで、多少もたもたしても優しい目で見てくれると聞いたため、買い物デビューにはうってつけだと思ったのだ。雄平も自分でお金を払ってご満悦なのだとか。

「お買い物ー！」

「行くぅ！」

少々子供たちのテンションが上がりすぎているのが気になるけれど、元気なのはいいことだ。

額に手を置き、ガクッと肩を落としている羅刹は見なかったことにして、出かける準備を始めた。

おそろいのズボンのポケットには百円玉が二枚ずつ。落としそうだから店に着いてから渡そうかとも考えたけれど、大切に持っていくことも含めて社会勉強だ。

おかしいのは、食いしん坊の蒼龍と慎重派の相模がずっとズボンのポケットを押さえながら歩くのに対し、葛葉はまったく気にしている様子もなく普段通り。桂蔵はポケットから出して握りしめ、時折鈍く光る硬貨を見てはニタニタしている。

「お金のことばかりじゃなくて、車にも気をつけて」

葛葉を除いた三人の意識が硬貨に向きすぎていて、周りが見えているか心配だ。

渋々ついてきた羅刹が、街路樹にぶつかりそうになった相模をさりげなく引き戻している。

「おい、じゃじゃ馬。連れてかないぞ」

こういうときはやはり葛葉が一番手がかかる。散歩中の犬を追いかけそうになったので、羅刹がすごんだ。

「やぁ、行くー」

「それじゃあまっすぐ歩け」

口を尖らせながらも歩き始めた葛葉は、おもむろにポケットに手を突っ込んで、お金を確認しているようだ。

一応気にしているんだと思って見ていると、手を出したときに、百円玉が一枚こぼれ落ち車道に転がっていったため、美空は青ざめる。

「葛葉ちゃん、行っちゃダメ！」

葛葉が慌てて拾いに行こうとするので美空は大声を張り上げ、駆け出した。トラックが迫っているのだ。

――ププププー！

けたたましいクラクションの音にようやく葛葉も気づいたが、道路の真ん中で立ちすくんだまま動けない。

助けなくては。

美空の頭の中はそれしかなく、体が自然と動いていた。

彼女に駆け寄ったものの、もう間に合わない。葛葉をかばうように抱きしめたあと覚悟してギュッと目を閉じた。

――私、死ぬんだ。

ドン！

その直後、大きな音が聞こえたけれど、どこも痛くない。おそるおそる目を開けると、なんと羅刹がトラックを片手で止めていた。

「嘘……」

彼が怪力なのは聞いていたが、走っているトラックを止めるほどだとは。しかも片手で軽々と。

「す、すみません」

運転席できょとんとしている運転手に、美空はすぐさま頭を下げる。

「あ、あ……んたは大丈夫？」

五十代くらいの日焼けした運転手が、何度も瞬きを繰り返しながら降りてきて、羅刹をまじまじと見つめる。

それもそうだろう。どんな腕力自慢でも、走るトラックを素手で止められるわけがない。

「まったく問題ありません。おケガはありませんか？」

「俺はなんともないけど……」

運転手は信じられない様子で、自分の頬をつねっている。

「娘が申し訳ありませんでした」

羅刹がこんなに丁寧に頭を下げるのを初めて見た。意外にも社交的で驚いたくらいだ。

それに『娘』なる言葉が出たのも。なにせ最初は子供たちのことを一号、二号……と呼んでいたのだから。

「きゅ、救急車を――」

「本当に大丈夫です。少し車が傷ついてしまいまして……」

見れば、羅刹が手を置いたあたりがへこんでいる。

「それじゃあ、警察……」

「あのっ、できれば大事にしないでいただけると。修理代はお出ししますので」

美空が慌てて間に入った。警察なんて呼んだら、人間ではない羅刹たちは別の問題が出てきてしまう。

「修理代は気にしないで。でも本当に、警察も救急車も呼ばなくていいの？」

いまだ信じられない様子の運転手は、羅刹の腕を穴が開くほどの勢いで見ている。

「はい。今後気をつけます。葛葉も謝りなさい」

父親らしい言葉を口にした羅刹は、葛葉の頭を押し下げる。

「ごめんなしゃい」

今にも泣きそうな葛葉が素直に謝罪する横で、美空ももう一度頭を下げた。

「本当に申し訳ありませんでした。失礼します。行くぞ」

羅刹も大事になるとまずいと気づいているらしく、少し焦りぎみに葛葉の手を引いた。

再び六人と一匹で歩き始めたものの、空気がひりついているとでもいうのか、じっと前を見据えてなにも話さず進む羅刹の怒りが伝わってくる。

葛葉以外の子供たちも羅刹の怒りを察したようで、黙って歩き続ける。

先ほどの場所から少し離れると、羅刹がようやく足を止め、葛葉に鋭い視線を向けた。

「お前、美空を殺すところだったな」

「羅刹さん、それはちょっと」

さすがに言い方がきついと感じ、葛葉の肩を抱いた美空が言うも、羅刹の目の奥の怒りの炎は消えない。

「これまで何度も言ったはずだ。車は危ない。ぶつかれば死ぬと。さっきもまっすぐ歩けと言ったよな」

「ごめんなしゃい」

普段は強気な葛葉だが、さすがに目に涙を浮かべて口をへの字にゆがめる。

「生きたいのに、生きられないやつがいる。なにもしてないのに、殺されるやつがいる」

無念の表情で語る羅刹が、あやかしの世を思っているのは一目瞭然だった。

「それをよく覚えておけ。次は助けない」

そんなふうに突き放すも、羅刹は絶対に彼らを助けるはずだ。それに、ここまで強く言われれば、さすがの葛葉ももう二度と飛び出したりはしないだろう。

「ごめんなしゃい」

とうとう泣きだした葛葉は、美空に抱きつき肩を震わせる。

「葛葉ちゃん。羅刹さんは葛葉ちゃんが大事だから怒ってるんだよ」

「うん……」

「私も葛葉ちゃんとずっと一緒にいたいから、お約束は守ろうね」

「はい」

葛葉はしゃがんだ美空のカットソーを強くつかみ、この居場所を失わないようにしなければとおびえているようにも見える。

「大丈夫。私も羅刹さんも葛葉ちゃんを嫌いになったりはしないわ。でも、ダメなことはダメ。わかるよね？」

「うん」

彼女たちには、なにがあろうとも逃げる場所すらないのだ。叱るべきことは叱って、唯一の居場所を守ってやるのが自分の役割だと美空は思った。

「よし。気分を変えて駄菓子屋さんに行くよ！」

美空は努めて明るく振る舞ったけれど、本当は心臓がバクバクと大きな音を立てている。あれほど肝が冷えた経験は初めてだった。

子供たちはこれからさらに行動範囲が広がっていくはずだ。出かける際はもっと緊張感を持って、彼らの動きに気を配らなければ。

美空は保護者としての責任の重さを改めて感じ、自分を戒めた。

「なに考えてる」

「えっ？」

いつの間にか隣にいた羅刹が、小声で声をかけてくる。

「お前も子供たちも、俺の命に代えてでも守る。だから、今まで通り振る舞え」

まるで美空の心を見透かしたような言葉を口にした羅刹は、泣きすぎて呼吸が整わない葛葉をヒョイッと肩に乗せて歩きだした。

駄菓子屋に着くと、子供たちの暗い顔が一気に輝いた。

反省中の葛葉はまだ笑顔が見られないものの、美空が手を出すとしっかり握って駄菓子をちらちら見ている。

「みしょらー」

蒼龍が買う気満々で美空に見せるのは、カレーせんべいの入った容器だ。どうやら容器ごと欲しいらしい。

「違う違う。その中のひとつよ」

「ひとちゅ？」

途端にしょげる彼は、やっぱり食いしん坊だ。

「ふたつでもいいけど、ほかにも欲しいでしょう？　いろいろ見てから決めればいいの」

「しょっかぁ」

納得した蒼龍は離れていった。

常に美空の近くで、小さなカゴにお菓子を入れては出し、また入れるを繰り返しているのは相模だ。

「みしょらー。買えりゅ？」

どうやら二百円で買えるかどうかを心配しすぎて、先に進まないらしい。

箱買いしようとする蒼龍とはかなり違う。性格の違いがよくわかって、美空は思わず笑みをこぼした。

「もっといっぱい買えるよ。ちゃんと教えてあげるから、とりあえず欲しいものを入れていってごらん」

「はぁーい」

ようやく安心したようで、再びお菓子を手にし始めた。

桂蔵はしょげる葛葉のうしろをついてくる。

「これー」

「あーっと」

桂蔵が葛葉の好きなラムネを見つけて手渡すと、葛葉にようやく笑顔が戻った。

このふたりのケンカは、いつもなかなかすさまじいけれど、双子だけあって話さずとも心がつながっているようにも感じる。今も、叱られて沈んだ葛葉の気持ちに気づいて、元気づけようとしているのだろう。それなのにぶつかるのが、不思議だ。

桂蔵のおかげで、葛葉も美空から離れていった。

ふと羅刹を捜すと、彼まで小さなカゴを手にして駄菓子を選んでいる。

大きな図体に、ふてぶてしい物言い。それを知っている美空は、かわいらしい行動に噴き出しそうになった。

ただ……。

「羅刹さん、そんなに買えません」

彼のカゴはすでに山盛り。計算せずとも二百円は軽くオーバーしている。

「足りなくなったら、くじをすればいいだろ」

また天知眼を使って宝くじを当てようとしている彼にあきれた。

「ダメです。子供たちに示しがつきませんから、二百円を厳守してください」

美空がカゴの中の商品を戻し始めると、羅刹はチッと小さな舌打ちをした。

幼い頃に囚われて、ずっと牢で過ごしたという彼は、こうした楽しい経験もないのだろう。

子供に交ざって駄菓子を真剣に厳選する姿と、凛々しく整っており黙っていれば女性からのあこがれの眼差しを一身に受けそうな顔とのギャップがありすぎて笑いがこみ上げてくるものの、幸せそうでなによりだ。

あやかしの世に行き、つらい現実を目の当たりにしたばかりなので、羅刹にも心を緩めてほしい。

叱られた葛葉も完全にいつものテンションが戻ってきて、それぞれ自慢げにカゴを美空に差し出す。

「うーん。蒼龍くんは買いすぎ。半分くらいにしてみて」

「いやぁ」

「嫌でも買えないの」

イヤイヤが始まったと身構えたけれど、しょげただけのようだ。

「相模くんすごいね。もしかして計算できる？」

相模は控えめで、美空が計算すると百八十円ほど。狙ったかのような金額だ。

「この飴(あめ)をあとひとつなら買えるよ」

教えるとにこにこ顔で追加している。

選び始めるのが遅かった葛葉だが、買い方が羅刹のようにワイルドだ。ラムネ以外は大きめの袋を詰め込んで、カゴからあふれている。

「大きいのがいいなら、ラムネとこれとこれだけかな」

「やぁー。いっぱい、いい！」

こまごまとしたものでそろえた相模のカゴを見て駄々をこねる。

「それじゃあやり直し。桂蔵くんはこれまた……」

桂蔵は見事に全部、果物味のゼリーでそろえた。

たしかに味は違うけれど、こればかりでいいのか心配になる。

「違うお菓子はいいの？」

「これいいー！」

カラフルなのも気に入っているのかもしれない。あとで後悔するのも勉強かなと思い、彼の主張を受け入れた。

それにしても、個性がさく裂していておもしろい。

「ひとり一回ずつ、くじを引こうか」

レジ横に三角くじがあるのを見つけた美空が提案すると、四人がすっ飛んできた。

「くじなに？」

「箱の中の三角の紙をひとつだけ引くのよ。それに当たりかどうか書いてあるの」

「当たり？」

桂蔵が首を傾げると、眼鏡をかけた優しそうな店主のおばあさんが笑顔で口を開く。

「一等と書いてあると、このセットをあげるよ」

一等の景品、駄菓子の詰め合わせセットはなかなかのボリュームだ。子供たちは「しゅごー」とすでにそれをもらう気でいる。

「ああっ、一等はなかなか当たらないんだよ」

美空が慌てて口を挟んだものの、誰も聞いていない。

「やってみるかい？」

「やるー」

子供たちは店主に尋ねられて声をそろえる。

美空はくじの分の代金を支払い、まずは桂蔵から。そして葛葉、蒼龍、相模と続く。

「葛葉ちゃん、一枚って言ったでしょ。一枚選んであとは戻して」

故意なのか、偶然取れてしまったのかわからないけれど、彼女はちゃっかり三枚のくじを持っている。

相模は当たりを狙いすぎているのか長い間箱に手を突っ込み、ようやく一枚引いたときには顔が引きつっていた。おそらく緊張しているのだ。

「さて、開けてみようか」

無事に一枚ずつ引いたところで、隣にいた羅刹が片目を押さえているのに気づいた美空は、彼の足を思いきり踏んづけた。

「なにしてるんですか？」

「いや、なにも」

嘘ばっかり。間違いなく天知眼で一等の在処を探ろうとしていたはずだ。

疲れるなら、こんなことに使わなければいいのに。駄菓子セットがそれほど欲しかったのだろうか。

無邪気なのか、ずる賢いのかよくわからない。

「それじゃあ、めくってみて」

美空が言うと、四人はそれぞれくじを開いた。

「わぁ、お菓子！」

蒼龍が五等のくじを自慢げに見せてくる。そういえば彼らは文字が読めない。なにか書いてあれば全部当たりだと思っているのかも。

「五等は飴だね」

店主が小さな飴を蒼龍に渡すと、きょとんとしている。

「やあー、あれー」

やはり駄菓子セットをもらえると思い込んでいたようだ。

「あれは、ここに〝一〟って書いてないと」

美空が説明したものの、蒼龍はぷぅっと頬を膨らませて怒っている。

葛葉も桂蔵も五等だったが、相模が三等を当て、大きいゼリーをもらったものだからなおさらだ。

「やー、僕もあれいい！」

蒼龍のイヤイヤが始まった。

くじは失敗だったかもしれないと反省しながら羅刹の助けを求めようとしたのに、

彼はいきなり美空にカゴを預けて店を出ていってしまう。

「ちょっと！」

店の中には入れなかったタマも羅刹についてどこかに消え、逃げられたと悟った。

羅刹のことを少し見直していたのに、間違いだったようだ。

「悔しかったね。でも、あれはもらえないんだよ。そろそろお金を払ってみよう。誰からやってみる？」

別のことで気を引こうと会計の提案をすると、葛葉、桂蔵、相模の順で並んだ。しかし不貞腐れる蒼龍は座り込んで険しい顔をしたままだ。

「すみません」

「いいのよ。くじは初めてだったのかしら？」

店主に謝ると、微笑みながら首を横に振っている。

「はい。お買い物も初めてで。面倒だと思いますけど、お会計、ひとりずついいですか？」

「もちろん。大切なお客さんだもの。四人も大変ね。頑張ってね」

優しい言葉をかけられて、表情が緩む。いたわられるのはうれしいものだ。

それにしても、逃げた羅刹とタマは許せない。

美空は腹を立てながらも、初めてのおつかいをする子供たちのサポートをする。

ずっと口を尖らせていた蒼龍も、「また来てくじを引こうね」と言ったらなんとか心を立て直して、会計をしてもらった。

やはり、感情の発散のさせ方が難しいお年頃なのかもしれない。自分で自分を持て余しているような。

「お手数をおかけしました」

「いえ。また来てね」

雄平ママの言う通りだった。散々騒いだのに店主は笑顔で手を振ってくれる。余裕があるとはこういうことを言うのだろう。美空にはまったくない。

「終わったか」

「はっ！」

突然背後から声をかけられて、大げさなほどに驚いた。いなくなったと思った羅刹が戻ってきていたのだ。

「羅刹さんはお会計のときにいなかったので、全部返品です」

「は？」

「逃げた罰よ」

怒りで血管が切れそうな美空が小声でつぶやくと、羅刹は一瞬眉をひそめたものの、どこか上の空に見える。

「なにかありましたか？」

「いや。それじゃ帰るぞ。道をそれたら、買ったもの全部取り上げるからな」

羅刹は気持ちを切り替えたように、いつもの脅し発言をして家路についた。

無事に屋敷に戻ると、子供たちは奥座敷で早速駄菓子を広げている。彼らの弾けた笑顔を見て、大変だったけれど行ってよかったと思う。

蒼龍のイヤイヤをどうすべきなのかわからないのだけが不安だ。

子供たちにお茶を運んだあと、羅刹にもと思い部屋に行ったが姿が見えず、タマが座布団で丸くなっていた。

「お前、わしの菓子はどうしたんじゃ」

「あっ、忘れ……。羅刹さんと一緒に逃げたでしょ。あるわけないじゃない」

正直、タマのおやつなんて頭から飛んでいたが、言い訳をする。

「ふん。逃げたわけじゃない」

「それじゃあ、なんなのよ」

蒼龍が駄々をこねだしたタイミングでいなくなったのだから、見え透いた嘘をついても無駄だ。

「気になることがあったんじゃろ」

「気になること？　それで羅刹さんは？」

「屋根」

「あやかしの見回り？」

羅刹はときどき屋根に上り、人間の世でひっそりと暮らしているあやかしたちの無事を天知眼で確認しているようだ。部屋の中からでも見えるらしいけれど、視界が開けた場所のほうが隅々まで見通せるのだとか。

いつも子供たちを連れて出かけたあとは『疲れた』を連発して部屋にこもることが多いので、珍しい光景だった。

「知らん」

その突き放したような言い方はやめてほしい。いちいちカチンとくる。

〝気になること〟を教えてもらえない美空は、縁側から庭に下りて屋根の上の羅刹を見上げる。

「美空」

すると、難しい顔をした羅刹に声をかけられた。

「はい」

「ちょっと出てくる」

「えっ……」

美空が絶句したのは、屋根の上の羅刹が軽々と近くの木に飛び移ったからだ。そのまま枝を蹴ったかと思うと、高い塀を乗り越えて出ていってしまった。

「何者？」

いや、鬼か。

トラックを片手で軽々と止めたことといい、羅刹の驚異的な能力を見せつけられて、驚きのあまり瞬きを繰り返す。

天知眼が使えて、ちょっと力が強いだけではないようだ。

美空が放心していると、タマが縁側に出てきた。

「ねえ、羅刹さんって、あとはなにができるの？」

「なにって、文句言いながらだらだらするくらいじゃろ」

「それは知ってる」

なんだか最近、羅刹を見る目が変わってきた。

「鬼は身体能力がずば抜けているのじゃ」

そういえば、頭の回転が速いとも話していた。

まさに鬼に金棒というものでは……と思ったけれど、だからこそあやかしの世で頂点に立つ存在で、その期待の大きさゆえ苦しい面もあるのだと納得した。

「そんなに動けるのに、どうしていつもだらだらなの？」

「知らん。羅刹に聞け」

小言を漏らすと、タマはどこかに消えてしまった。

◇◇◇

美空に言われ渋々付き添った駄菓子屋は、意外にも楽しかった。

時折連れていかれるスーパーで、子供たちはお菓子売り場からしばらく離れないのだが、そこよりずっと多くの種類のお菓子が小さな店に所狭しと並べられていた。

羅刹は駄菓子を口にした経験がないけれど、子供たちはいつも美空にひとつずつ買ってもらって、幸せそうな顔をして食べている。

カラフルな餅（もち）のようなものを甘い匂いをぷんぷんさせて食べているときもあれば、

パリパリと音を立ててせんべいにかじりついているときもある。

あやかしの世にはそうしたものはないため、羅刹もスーパーで初めて見たのだが、子供たちの笑顔を誘う駄菓子とは、実はすごい力を持っているのではないかと思っていた。

それが無限にあるのだから、羅刹も興味津々だったのだ。

駄菓子屋に向かう途中、道路に飛び出した葛葉は、少々厳しく叱ったため、ずっと美空の手を握ってうつむいている。

ただ、あやかしの世に行き傷だらけの者を見たばかりの羅刹に、叱らないという選択肢はなかった。

いや、そうでなくとも、命をなくすかもしれない危ない行為をしたのだから、やはり叱っただろう。しかも、なりふり構わず助けに行った美空まで、死ぬところだった。

たくさんの者の死を目の前で見てきたが、今回ばかりはさすがに肝が冷えた。両親から双子を預かったとき、必ず命をつないでみせると誓ったのに、こんなにあっさりと逝かせるわけにはいかない。

葛葉と桂蔵の父や母の無念の死を、今でもはっきりと思い出せる。万が一、ふたりが命を落とすことがあれば、双子の幸せを願いながら濁流（だくりゅう）に呑まれていった両親になんと詫びればいいのか。

美空も同様だ。家事をこなすだけでなく、羅刹や子供たちの心まで支えてくれる彼女を、絶対に守りたい。

葛葉は自分がしでかしたことの重大さに気づいたようで、もう二度と同じことはしないと感じた。だからグダグダといつまでも怒るのはやめたのだが、おてんばのくせしてなかなか気持ちが上がらないらしい。

自分がかかわったところで余計にしょげるだけだと思った羅刹は、美空に委ねた。するど美空は特別な言葉をかけるわけでもなく、ただ葛葉の手をしっかり握っている。葛葉もまた、美空の手を離すまいとしているのがわかった。

美空は子供たちの育て方がこれでいいのかと悩んでいるようだが、もうずっと前から彼らにとって居心地のいい場所になっている。最近は蒼龍が反抗的で手を焼いているものの、それも美空が受け止めてくれるという気持ちがあるからに違いない。

トラックが迫る中、葛葉を助けようと飛び出していった美空は、彼らにとって本当の母親以上の存在になっている。四人は彼女に対して、絶対的な信頼があるのだ。

自分も幼い頃に、こんな存在がいたら……。

羅刹はそんなふうに考えてしまう。

なかなか美空から離れられない葛葉だったが、彼女を癒したのは双子の桂蔵だった。あれほどケンカをするくせして、互いを大切な存在だと認めているのだと考えると、羅刹の頬は勝手に緩む。

美空を拾う前は、こんなふうに子供たちの心の動きに気づくことはなかった。

子供たちは美空の影響を大きく受けているけれど、一番影響を受けたのは自分かもしれないとふと思う。

くじといえば、天知眼。どうせならいいものを当てようとしたら、美空にこっぴどく叱られた。

まあ、それもそうだろう。子供たちの夢を壊すのもよくないと思い、やめようとしたそのとき、一瞬男の姿が見えた。

どこかの住宅街の袋小路に座り込んでいる男は、長い前髪が左目にかかっており、どこもかしこも傷だらけ。薬草を持って東部の街に赴いたときに見た、ケガをしたあやかしを彷彿とさせた。

嫌な予感がした羅刹は、駄菓子屋を出て、人気のない路地でもう一度天知眼を使う。

しかし、そこではなにも見えなかった。

「なんなんだ」

さっき見えた光景がなんなのか、羅刹にもわからない。

「どうしたのじゃ」

ついてきたタマが尋ねてくる。

「傷だらけの男が見えた。ただ、今はなにも見えない」

「過去か未来が見えたのでは？」

「その可能性もあるが……」

羅刹の持つ天知眼は、現在だけでなく過去や未来を見通せる。とはいえ、羅刹が意識して見ようとしなければ見えないものなのだ。

「あやかしか？」

「おそらくそうだな」

人形だったため、完全に勘だ。しかし人間には珍しい山鳩（やまばと）色の着物姿だったし、間違ってはいない気がする。

「とにかく、ちびたちをなんとかしないと」

さすがに葛葉にあんなことがあったあとで、美空ひとりに任せるわけにはいかない。

屋敷の屋根に上ればもっとよく見えるはずだ。それで見えなければ、過去や未来を見てみればいい。

そう考えた羅刹は、美空に心配をかけたくなくて、なに食わぬ顔で子供たちのところに戻った。

屋敷に帰ると、子供たちは駄菓子を抱えて奥座敷に走っていく。美空が追いかけるのを見届けた羅刹は、庭の木から屋根に上がった。

右目を押さえて左目を見開く。

荒れたあやかしの世から逃れて、人間の世で生活しているあやかしはちらほらいる。向こうにいるより命の危険はぐんと下がるものの、人間に交ざって生活していくのはかなりの苦労が伴うため、こちらにやってくるあやかしはさほど多くない。

いつものあやかしたちには異変はないようだが、先ほど見えたのは初めて目にする男だった。あやかしだとしたら、最近こちらに来たに違いない。

羅刹はもう一度念入りに確認し始めた。すると……。

「いた」

屋敷から見て西の方向の路地裏にうずくまっている男が見えた。

ちょうどそのとき縁側から美空がやってきたため、出てくるとだけ伝えて屋敷を飛び出した。

詳しく説明している暇はない。血色をなくした男は重傷のように見えたし、人間に見つかれば大事になる。病院に連れていかれても傷は治らないどころか、あやかしだと知られるわけにはいかないため、どうにかして逃げ出すしかなくなるのだ。

いくらでも速く走れる羅刹だが、さすがに人間の目のあるところで車より速く走るわけにもいかず、はやる気持ちを必死に抑えて駆ける。

やがて天知眼で見えた路地に差しかかると小さなうめき声が聞こえてきて、男を発見した。

つり目の男はやはりあやかしだった。自分より少し年上のようだ。ひどいケガで人形を保てなくなっているのか、手に水かきがちらっと見える。おそらく蒼龍と同じ蛟だろう。

羅刹が近づいていくと、おびえたような目で見ていたが動くのは無理なようで逃げなかった。

「心配するな。俺もあやかしだ」

「あやかし？」

怪訝な表情を浮かべる男は、安心したように大きく息を吐き出した。

「詳しいことはあとだ。ここにいるわけにはいかない。とにかく俺の屋敷に連れていくぞ」

羅刹は有無を言わせず男を担いだ。

男は体をこわばらせたものの、抵抗する力が残っていないらしい。すぐにだらりと脱力して、体を預けてきた。

そのまま、できる限り人目につかないように屋敷に向かった。

突然出ていった羅刹が屋敷に戻ってきたのは、約三十分後。

「どうしたんですか?」

軽快に出ていった彼が、右肩にひとりの男性を担いで戻ってきたので、美空は大きな声をあげる。

「ケガしてる……。布団敷きますね」

ぐったりした男の右腕に深い切り傷があり、血がにじんでいるのを見つけた美空は、慌てて布団を準備した。

布団に下ろされた男性は、顔にもたくさんの傷が見える。そのうえ泥で汚れていて、なにかの事件にでも巻き込まれたかのようだ。

「手当てしなくちゃ」

事情を聞きたいが、まずは治療をしなければ。

横たわる男は唇の色が真っ青で、緊張が走る。

「美空、あの薬草まだあるだろ？」

羅刹が連れ帰るくらいなので薄々勘づいてはいたが、彼はあやかしなのだろう。

「はい。どうすればいいですか？」

子供たちの発熱のときは煮出して飲ませたけれど、傷にはどうするのかわからず尋ねた。

「すりつぶして、葉から出る液をつける。それで効くはずだ」

「わかりました。すぐに持ってきます」

美空は慌てて台所に走り、薬草をすりつぶし始めた。すると部屋に苦いにおいが充満し始め、顔が険しくなる。

「治すため、治すため……」

息を止めるのも長時間は無理で、自分にそう言い聞かせながら頑張った。

すりつぶした薬と水を持って部屋に戻ると、子供たちが障子を少し開けて中を覗いている。

「ちょっと奥で遊んでて。さっきのお菓子食べていいから」

今は構ってやれないと声をかけると、桂蔵が顔をしかめて口を開く。

「くしゃーい」

「そうね。ケガをしているからそのお薬なの」

「痛い痛い？」

興味津々の様子で尋ねるのは葛葉だ。しかしいつもと違いその目は真剣で、心配しているのが伝わってきた。

「……うん。でも、すぐよくなるからね。ちょっと通してくれるかな」

美空が言うと、子供たちは素直に障子から離れて、奥座敷へと戻っていった。

羅刹は血に汚れた着物を脱がせ、自分の浴衣を着せてあげていた。今までの彼を思うと、こうして甲斐甲斐しく看病するのが信じられないけれど、美空も臥せっていたときに知らないところで随分世話をしてくれたのではないかと感じた。

「羅刹さん、これでいいですか？」

「ああ。少ししみるが我慢してくれ」

美空から薬の入った器を受け取った羅刹が声をかけると、男はうっすらと目を開けてかすかにうなずく。

まずは一番ひどい腕に、毒々しい深い緑色の薬を指に取って塗り始めた。

痛むのか男は顔をしかめている。

それから脚や腹、そして顔にも塗ると、にじんでいた血は即座に止まり、薬草の効果の素晴らしさを目の当たりにした。

「これですぐによくなる」

「お水、飲めますか？」

美空が一緒に持ってきたコップの水を差し出すと、男はゆっくり起き上がった。羅刹に担がれていたときは意識がないのでは？と心配するほどひどかったのに、唇の色が急速に回復して目にも力が戻っている。

「ありがとうございます」

男はよほど喉が渇いていたようで、水を一気にあおった。

はー、と深く息を吐き出した男に、羅刹が声をかける。

「俺は羅刹。名前は？」

「羅刹……。鬼の？」

男の表情が瞬時に引き締まる。やはり羅刹は有名らしい。

「そうだ」

「私は、汀悟。蛟だ」

蛟となると、蒼龍の仲間だ。彼も水を操るのだろうか。

「そのケガ、なにがあった？」

羅刹が問うと、汀悟は難しい顔をしてうつむいた。

「あちらの世が荒れているのは知っているな？」

「ああ」

「私は子を大蜘蛛の一味に連れていかれてしまって、仕方なく大蜘蛛の手先となって働いていた」

まさか、大蜘蛛側にいたあやかしだとは。

美空は体を固くしたものの、彼の子は羅刹と同じ立場だったのだと、不憫に思った。

「しかし、一度指令をうまくこなせなくて。それでこのありさまだ」

「たった一度で？」

美空は我慢できずに口を挟んでしまった。失敗の制裁ということなのだろうけれど、仲間として働いていた者を、たった一度の過ちでここまで傷つけるなんて。

「その一度が命取りになるからな」

答えたのは羅刹だ。

彼は汀悟の発言に納得しているようだったが、美空の肌は粟立った。

羅刹やタマから、あやかし界の荒れた様子や、双子の両親が亡くなってしまったことを聞き、それなりに大変な世なのだと理解していたつもりだ。けれど、生まれてこの方、戦いというものを身近に感じたことなどなく、本当の怖さなんて少しもわかっていなかったかもしれない。

衝撃のあまり二の句が継げない美空は、震えそうになる体を自分で抱きしめ、あれこれ考える。

「安心しろ。お前や子供たちは俺が守る。こちらの世にまで、そうした混乱を持ち込ませないと約束する」

羅刹の真摯な表情を見て、美空はうなずいた。

どちらにせよ、人間にはない能力を有したあやかしに美空が対峙できるわけがないのだから、羅刹を信じて任せるしかない。

ただ、子供たちのことはなにがあっても守りたいという思いは、しっかりと胸にある。絶対に彼らを失いたくないのだ。

敵の戦力となっていたとはいえ、子を連れていかれてしまった汀悟の心中はいかばかりか。安易に責められるものでもないだろう。

「それで、こちらの世の入口が近いことに気づいて、一旦逃げてきた。迷惑をかけてすまない」

汀悟が深々と頭を下げる。

逃げてきたと言うけれど、ケガを負ったまま放置されていたら、死んでいたかもしれない。羅刹が見つけて事なきを得たのは幸運だった。

ただ……汀悟にとってはそんな簡単な問題ではないのだろう。なにせ我が子を盾に働かされていたのだから、逃げたと知られればその子の命が危うい。

みるみるうちに傷が回復してきた汀悟だが、かなり疲れている様子で、ふぅーっと深いため息をついて黙り込む。

「ここには、こいつ以外はあやかししかいない」

「あなたはあやかしではないのですか？」

羅刹が美空について触れると、汀悟は目を見開いて驚いている。

「ああ。人間だ」

「それなのにこんな話……」

鬼だの蛟だのとあけっぴろげに話しているので心配したらしいが、美空にとっては今さらだ。

「大丈夫です。わかってますから」

「そう、ですか」

「ほかに子供が四人と猫がいる。お前の仲間の蛟の男の子もひとり」

羅刹がそう口にしたとき、美空はハッとした。

「もしかして蒼龍くんのお父さんでは？」

期待いっぱいで尋ねたものの、汀悟は首を横に振った。

「私の子は娘です」

四人以外にも過酷な運命を背負った子供がいると知って、いたたまれない。美空は顔をゆがめた。

「三歳の頃、ほんのわずかな間、外でひとりになったときに連れていかれた。あれからもう百年近く経ったが、元気にしているだろうか」

「百年？」

気が遠くなりそうな時間を口にした汀悟にびっくりした美空は、場違いな甲高い声が出てしまい口を押さえる。

「あやかしは寿命が長い。人間の一年が十年ほどに匹敵する」

それも初耳だった美空は、次々と飛び出す真実に頭がついていかなくなった。

「聞いてる？」

「は、はい。もちろん」

慌てて答えたけれど、羅刹はあきれたようにため息をついた。

「きっと元気に――」

「美空」

美空は励まそうと口を開いたが、羅刹に遮られてしまう。

「汀悟は少し休め。ここは安全だから心配いらない。美空、行くぞ」

「は、はい」

羅刹に促された美空は、汀悟に軽く会釈をしてから部屋を出た。

「なにか食べ物を用意したほうがいいですよね。なにがいいでしょう」

羅刹に問うと、彼はなぜか美空の腕を引き、台所に向かう。そしてぴしゃりと扉を閉めた。

「きっと元気にしているとか、簡単に言うな」

「えっ……」

「お前はよかれと思って口にしたんだろうが、おそらく汀悟も気づいている」

「なに、を？」

羅刹が苦しげな顔をするので、背筋に冷たいものが走る。

「娘はもう――」

「言わないで」

今度は美空が羅刹の言葉を遮った。その先は聞きたくない。

「羅刹さんは生きていたでしょう？」

なんとか希望を見出したくて声を振り絞る。

「俺は天知眼があったからだ。大蜘蛛はこの能力を悪用したくて、生かしておいたんだ」

多分、羅刹の予想のほうが正しい。生かされていた彼だって、体は傷だらけなのだ。生存の可能性は低いだろう。

「安易な励ましをしようとしたのは謝ります。でも、汀悟さんはそれでも娘さんの無事を信じているんでしょう？　だから大蜘蛛の言いなりになって働いているんでしょう？」

少しむきになって訴えると、ほろりと涙がこぼれてしまった。すると羅刹は少し困った顔をする。

「……そう、だな。きつい言い方をした。すまない」

「ううん。羅刹さんが悪いわけじゃ……」

すべては無用な争いを仕掛けた大蜘蛛のせいだ。

「泣くな」

彼は手を伸ばしてきて、美空の頬に流れる涙をそっと拭う。

「お前に泣かれると、調子が狂うんだよ。お前まで泣かせたくない」

羅刹はなぜか美空の頬を優しく包んだまま手を離そうとしない。絡まる視線が熱くて、美空の心臓がドクッと大きな音を立てる。

「不細工だぞ」

「失礼ね！」

ようやく手を離した羅刹は、鼻で笑った。けれどその笑みがどこか悲しげで、美空の胸は痛んだ。

汀悟の食事をどうしたらいいのか羅刹に相談したら、ケガはすぐに治るだろうから子供たちと同じでいいと言われて、夕飯を作り始めた。今日のメニューは、鶏(とり)むね肉のチーズ照り焼きと、かぼちゃの煮つけ、そしてトマトスープだ。

「ちょっと足りない？　冷ややっこつけておけばいいか」

子供たちを駄菓子屋に連れていき体力を消耗したのもあって、何種類も作るのはしんどい。トマトスープにマカロニを入れるだけで子供たちは大喜びで食べてくれるのでしょっちゅう食卓に並ぶが、そういえば羅刹にメニューについて文句を言われたことはない。

「や、あるわ……」

美空はボソッとつぶやく。

ひとつだけあった。バナナ餃子だけは今でも拒否だ。

トマトスープも最初の頃は皆、手を突っ込んで大変だったものの、徐々に慣れてきて、今は口の端からこぼすくらいで済んでいる。

疲弊している汀悟に、さすがにあの修羅場に付き合わせるのはかわいそうで、ひとり分をお盆にのせて部屋に運ぶことにした。

起きているだろうか。

彼がいる部屋の前の廊下になにかが置かれているのを見つけ、首をひねりながら近づいていく。

「あれっ」

それが、今日買ってきた駄菓子の数々だったため、思わず声が出た。

子供たちが置いていったのだろうか。もしかして、汀悟がケガをしていると話したからかもしれない。

そう考えた美空の頬は緩んだ。

毎日誰かがなにかしらやらかして血管が切れそうになるけれど、優しい子に育っていてうれしい。自分の育児に自信が持てなくて弱音ばかりこぼれるものの、大きく間違ってはいないのかなと感じた。

ひとりで汀悟の部屋に入ってもいいのかと戸惑っていると、ちょうど羅刹が自室から出てきた。

「羅刹さん、汀悟さんのお食事を持ってきたのですが」

「ああ」

彼は、お盆の上の料理を見てかすかに右の口角を上げる。

実は鶏むね肉のチーズ照り焼きが大好物なのだ。といっても、ツンデレの羅刹は自分から好きだとは決して明かさない。ただいつも目の色が変わるので、そうだろうなと思っている。普段は腹の中が読めないけれど、食事に関してはわりと素直だ。

「これ、なんだ？」

羅刹も駄菓子の数々に気づいて、首を傾げている。

「多分、子供たちが汀悟さんにあげたかったんだと思います。ケガをしていると話したので」

「そうか」

羅刹は小さくうなずきながら、満足そうな顔をした。きっと彼も、子供たちの優しさに気づいたはずだ。

駄菓子を抱えた羅刹は、障子の向こうに声をかける。

「汀悟、食事だ。入るぞ」

「はい」

どうやら起きているようで、中からすぐに返事があった。

勢いよく障子を開けた羅刹は、まったく遠慮なしに部屋に足を踏み入れ、布団の横にどさっとあぐらをかいた。すると横になっていた汀悟が慌てて体を起こす。

「顔色がよくなってきたな」

「久しぶりに眠れました。ありがとうございます」

汀悟は深々と頭を下げた。

戦いの真っただ中にいたら、食事どころか睡眠だって保証されていないはずだ。そんな緊迫した状態を百年も続けてきたなんて、にわかには信じられない。

「すごい。傷がなくなってる」

美空は思わず言った。

汀悟の顔に無数にあった切り傷が、すっかりきれいになっているのだ。ひどかった腕に視線を移すと、まだ傷痕が残っているものの血は完全に止まっており、驚異的な速さで治癒しつつあるのがわかった。

「よく薬草を手に入れられましたね。薬草が生えていた南部の一帯は、すべて焼き尽くされたのに」

「ああ。あっちに行って探していたら、崖の上に少しだけあるのを見つけたんだ」

羅刹がそう口にするので、美空は不思議だった。彼は天知眼で薬草があると確認して出ていったはずだ。

「羅刹さん、薬草が見えたから採りに行くと言いましたよね」

羅刹の隣に座った美空が口を挟むと、彼はピクッと眉を上げる。

「それは、あれだ。ある気がしたんだ」

「嘘ついたんですね」

怒り心頭の美空が追及すると、羅刹は気まずそうに視線をそらす。

「お願いだから、無茶なことはしないでください。しかも崖の上って。ケガしたらどうするんですか⁉」

身体能力が優れているようなので、その崖を登ったに違いない。もちろん、命綱もつけずに。

「無事だったからいいだろ」

「ダメです。二度としないでください」

とはいえその薬草のおかげで、子供たちも汀悟も元気を取り戻したのだから、頑なに否定もできないのだけれど。

「おふたりはご夫婦ですか？」

「違います！」

「違う」

汀悟のとんでもない勘違いに、羅刹と声がそろう。

「そうでしたか。息がぴったりでしたので、てっきりそうかと」

そう言われて妙に気恥ずかしくなった美空は、羅刹から顔をそむけた。

「いつも小言ばかりだ」

「それは羅刹さんが！」

「ほらやっぱり。ケンカをするほど仲がいいというやつですよね」

羅刹の発言に美空が言い返すと、汀悟が笑っている。

「……とにかく、違いますから」

なにを言っても墓穴を掘りそうで、美空はその場を収めることにした。

「子供たちからの見舞いだ」

羅刹も話をそらし、駄菓子を布団の上に置く。

「子供たちから？」

「汀悟さんがケガをしていると話したんです。そうしたら心配だったみたいで。子供が喜ぶ食べ物ですし、お口に合うかどうかわかりませんけど、よろしければ食べてみてください」

羅刹は食べたそうだったが、汀悟が気に入るかはわからない。しかし、お菓子の取り合いでもめる四人が、初めて自分で購入した駄菓子をあげようと思う気持ちが尊い。

「そうですか。優しいですね。大切にいただきます」

うれしそうに口の端を上げる汀悟だったが、うっすらと目が潤んでいる。娘に思いを馳(は)せているのだろう。

「駄菓子もですが、お食事いかがですか？　子供たちは大好きなんですけど、こちらもお口に合うかどうか」

そもそもあやかしの世ではなにを食しているのか、美空は知らない。ただ、子供たちだけでなく、羅刹もタマももりもり食べてくれるので、あやかしでも大丈夫なはずだ。

「いい匂いだ。いただきます」

汀悟が食べる気になってくれてよかった。これでますます回復していくに違いない。

汀悟の部屋を出たあとは、子供たちとのにぎやかな夕飯の時間だ。

「皆、お菓子をありがとうね。汀悟さん、喜んでたよ」

美空が伝えると、四人は顔を合わせて笑顔を見せる。

「ゼリー、おいちぃよ」

ゼリーを全種類制覇した桂蔵からは、ブドウゼリーだった。

「そうね。ありがとね」

「パリパリ食べりゅと、治りゅ？」

無邪気に聞くのは相模だ。せんべいは彼からの贈り物だったらしい。

「もう随分元気になってるよ」

そんな会話を交わしながら、彼ら四人も過酷な状況から逃れてきたのだなと考えて、眉根が寄ってしまう。

「ほら、食うぞ。手、洗え」

羅刹がよいタイミングで声をかけてくれた。子供たちの前で沈んだ顔を見せるべきではないだろう。

思えば羅刹も相当過酷な幼少期だったのに、ちょっと性格が曲がったくらいで済んでいるのが奇跡だ。もっと恨みつらみや憤りが渦巻いていてもおかしくないし、攻撃的な態度をとっても責められないのに。

美空が配膳している間に、羅刹が子供たちの手洗いの世話をしてくれた。これまではどれだけ美空が忙しくしていようが、座布団に座ってふんぞり返っていたのに、どういう風の吹き回しだろう。

そういえば、子供たちの看病に疲れて倒れてから、羅刹は変わった。ようやく美空ひとりでの育児は無理だと気づいたのかもしれない。遅すぎるけれど、ありがたい。

「それじゃあ、いただきますするよ」

美空が声をかけると、座卓のそれぞれの定位置に座った四人は、ぱちんと豪快に手を合わせて食べ始めた。

駄菓子屋に行ったあと思いがけず汀悟がやってきたせいで、子供たちに構ってやれなかった。買ってきた駄菓子を全部食べてしまってお腹がいっぱいかもしれないと心配したものの、子供たちはいつも通りにこにこ顔で食べ進んでいる。

「僕のぉ」

桂蔵が声をあげるのでそちらに目を向けると、耳を出した葛葉が桂蔵のかぼちゃをフォークに刺している。

「葛葉ちゃんのはこっちよ」

「ほんとだー」

ふたりの間に皿があったので、純粋に間違えただけのようだ。

「ごめーんね」

「いいおー」

自分の皿から手をつけていないものをあげると思ったら、フォークに刺さったかぼちゃを手づかみで桂蔵の皿に戻すので、美空は笑いをこらえながら見ていた。

桂蔵のものはあくまで桂蔵のものであり、葛葉のかぼちゃでは代わりにならないようだ。

大人になるにつれ、いつの間にかうまい代替案を出せるようになったり、ちょっとずるい逃げ方をしたりするようになるものだけれど、あれはどうしたら身につくのだろう。知る必要があるのかどうかは別として。

羅刹が四人を人間の世に連れてきたおかげで、今はこうしてゆっくり食事ができるし、無邪気に外で走り回って遊ぶこともできる。あやかしの世の荒んだ様子を聞くとありがたいことだと思うけれど、多少はそうしたずるさのようなものも覚えていかないと生き残れないのではないかと不安になるのだ。

今のところ、子供たちをあちらに帰すようなことはしないはず。でも、羅刹の父が勝利をもぎ取り、穏やかな日常が戻ってきたら、いずれは帰ってしまうのだろう。

双子の両親は亡くなっているようだが、あとのふたりはわからない。再会できる可能性があるのに、ずっとここにいるのも残酷だ。

「どうかしたか？」

そんなことを考えていた美空の箸が止まっていたのに気づいた羅刹が、尋ねてくる。

「いえ、なんでも……って、そのお肉私のです！」

羅刹がちゃっかり美空の皿から鶏肉を奪っていこうとするので、慌てて止めた。

「すまん、間違えた」

「ええっ、返してよ」

葛葉とは違う。絶対にわかっていて取っていったに違いない。なぜなら、謝るくせしてさっさと口に入れてしまったからだ。

「ぼやぼやしてるお前が悪い」

「はぁっ？　私は悪くないでしょ。――ストップ！」

羅刹と言い争っているうちに、相模がトマトスープを見事に口の端からこぼすのを見つけて、慌てて止めた。

「もっとゆっくり飲もうね」

飲みやすいようにとマグカップに入れてあるスープだけれど、勢いよく傾けすぎて、いつも誰かがこぼす羽目になる。

かといって、四人もいたらひとりずつ口に運んでやるなんて手のかかることはできないので、半分あきらめてもいる。

相模の口と手を拭いて再び食事に戻ろうとすると、あと三切れあったはずの肉がふたつになっている。

「嘘……」

羅刹をにらみつけると、彼は素知らぬ顔で、最後のご飯をパクッと口に入れた。

「羅刹さんが面倒を見てもいいんですよ」

「金払ってるだろ」

たしかにお給料はもらっている。でも、使う暇がないほどこき使われていて、どう考えても対価に見合っていない。

しかも、天知眼でイカサマをして得たお金なので、彼の腹は少しも痛んでいないのが腹立たしい。

「そういう問題じゃないでしょ！」

美空の立場としては家政婦になる。ただ、子供たちの母親代わりでいなければと気を張っているため、そんなふうに言われると悲しいのだ。

「あー、わかった。今度サラダをやるから」

「肉でしょ、肉」

ちらりと視界に入ったタマが、ちょうど鶏肉を食べているところで、余計に腹が立つ。タマは完全なるとばっちりだ。

「全身に力を入れてばかりいると、また倒れるぞ」

「羅刹さんが怒らせるようなことをするからです」

美空は反論したけれど、ふと『あきらめも肝心だ』という彼の言葉を思い出した。

またなにもかも完璧にしなければと焦っている。あきらめるって、なかなか難しいものだ。

それから子供たちが食べ終わるまで、少々こぼそうが見なかったことにして黙々と食べ進んだ。

食事を終えると、満足してしっぽやら耳やらを出した子供たちが食器をシンクに持ってきてくれるようになり、成長ぶりが見られる。

「ありがとね。こっちもありがと」

ひとつずつ運んでくる食器をお礼を言いながら預かると、四人は皆、したり顔で再び取りに行く。

自分でやったほうが早いかもしれないと思う一方で、こうした些細なことでも〝できた〟という経験をさせてやるのは大切だなと感じた。

「それじゃあ、洗ってしまうからちょっと遊んでてね」

「はぁーい」

四人は奥座敷にすっ飛んでいった。

これからお風呂に入れて、寝かしつけをしなければならない。

先にお湯を入れようと浴室に向かうと、すでに水の音がする。

「あれっ、やってある」

タマではないから羅刹がやってくれたのだろう。やはり少しずつ協力的になってい るようだ。

食器を半分くらい洗ったところで、子供たちの様子を見に行くことにした。そろそろ風呂の準備をしなければならないからだ。

「らしぇつしゃん、だめでしゅよ！」

子供たちの部屋に近づいていくと、葛葉のそんな声が聞こえてきて首を傾げる。

羅刹はここにはほとんど来ないのに珍しいこともあるものだ。それに、いつも〝らしぇつ〟と呼び捨てしているのに、どうしたことか。

不思議に思いながら障子を開けると、桂蔵が持つ駄菓子の入った買い物袋を、葛葉が取り上げるところだった。

羅刹の姿はどこにもない。

「なにしてるの？」

「買い物ごっこー」

同じく駄菓子の入った袋を持ってご満悦の相模が、教えてくれた。夕飯を残すかと思いきやガツガツ食べていたのは、駄菓子を食べるより遊びに使っていたからのようだ。

それにしても、もしかして……。

「葛葉ちゃんは……」

「みしょらよー」

蒼龍から返事が来て、美空は天井を見上げた。

羅刹との言い合いをばっちり目撃していて、真似をされているのだ。買い物途中でいなくなった羅刹に怒りを抱き、彼の駄菓子を全部返品したのも見ていたのだろう。

「あぁ……」

心当たりがあるだけに、やめなさいとは言えない。

夕食のときの小競(こぜ)り合いも、間違いなく観察されていたはず。

普段口を酸っぱくしてケンカをやめるように叱るくせして、美空自身が羅刹と言い合いばかりしていては教育上よくない。子供たちの前では仲良くしなくては。でもケンカを売るようなことをする羅刹が悪い。

「らしぇっ、うれしいよー」

「うれしいって、なにが？」

桂蔵が気になることを言う。

「らしぇつ、にここー」

葛葉はもっと意味不明な発言をした。

「ん？　私に駄菓子を取り上げられて怒ってたんでしょ？」

「にこにこ」

繰り返す葛葉に、ほかの三人がうなずいている。

「にこにこなの？」

「しょうよ」

蒼龍も同調する。

「なんでにこにこ？」

うれしい要素なんてひとつもないはずだ。

「みしょらいるから、いいー」

当然の顔をした相模がそう口にするも、美空の頭の中はクエスチョンマークでいっぱいになる。

「私がいるから？」

「いっちょ、いい」

桂蔵がそう言いながら美空の脚に突進してきたのをきっかけに、あとの三人も抱きついてきた。

　両親から離れてしまった子供たちは、美空を手放すまいと必死に見えるが、羅刹は違う。もし手放したくないのであれば、家政婦がいなくなるという理由からだ。

「そうね。一緒がいいね」

とはいえ、そんな複雑な話を彼らにしても仕方がない。美空は四人を強く抱きしめた。


　風呂上がりのドタバタ騒動は相変わらずで、美空は走り回る。なんとか全員を布団に入れて絵本を読み、眠りに落ちたのを確認したところで今日の育児は終了だ。

　そういえば、夕食を運んでから汀悟を放置したままだった。

　羅刹が様子を見に行ってくれていると助かると思いつつ、汀悟の部屋に足を向けた。するとと中から話し声がする。羅刹が来ているようだ。

「それで、大蜘蛛の言いなりになって、大洪水を起こしたと⁉」

　羅刹の尖った声に、緊張が走る。道路に飛び出した葛葉を叱ったときより怒りのエネルギーを大きく感じるのは、気のせいだろうか。

「失礼します」

ただならぬ状況だと察した美空が一応声をかけてから障子を開けると、片膝をつき身を乗り出した羅刹が、向かいに座っている汀悟の胸倉をつかんでいたので、目を見開いた。

「なに……なにしてるんですか。やめて」

慌てて割って入ると、羅刹はなんとか手を離してくれた。しかし、興奮しているようで、鼻息が荒い。

「なに、どうした……えっ？」

ここは自分が間を取り持たなければと思ったのに、気が動転する美空はうまく話せない。

「申し訳ない。娘が――」

汀悟は唇を噛みしめて深々と頭を下げ、事情を話してくれた。

連れていかれた娘を助けたい一心で、大蜘蛛の言うままに洪水を起こしたということらしい。

あんなに幼い蒼龍が火事の現場で周囲を水浸しにしたことを鑑みれば、大人の汀悟が洪水を起こすのは造作もないに違いない。娘の無事を信じて仲間を裏切ってしまった汀悟の気持ちがわからないではなかった。

「お前が起こした洪水で、何人死んだと思ってるんだ。葛葉や桂蔵の両親も、洪水に流されなければ助かったかもしれないんだぞ」

「えっ……」

衝撃の事実に、美空の息が止まった。

まさか、双子の両親が洪水の犠牲になっていたとは。

羅刹が、拳を震わせて激高した理由がわかった。

美空は羅刹の怒りを止められなくなった。美空自身も、桂蔵と葛葉の親代わりとして憤りを覚えたからだ。

ケガを心配して駄菓子を差し出したふたりが、この事実を知ったらどう思うだろう。

美空は考えがまとまらず、ただ頭を抱えて黙っていた。

「本当にすまない。娘を殺されたいかと脅されて」

汀悟の悲痛の叫びが胸に刺さって痛い。けれど、それを理由に別の新たな命が多数奪われたのであれば、安易に『それじゃあ仕方なかったね』とは言えない。ただ、一方的に汀悟が悪いというのも違う。

戦いとは、こんなに残酷で苦しいものなのか。

美空は絶望に震えた。

生き残っている者までもがこれほど葛藤し、苦しみ、悔しさややりきれなさに涙する。

権力争いなどなくなってしまえばいいのに。どうして皆、仲良く暮らせないのだろう。

美空の胸に渦巻く葛藤を、彼らにぶつけたところでどうにかなるものではない。

大蜘蛛がすべての元凶で、羅刹と汀悟はどちらもいわば被害者。被害者なのに加害者の立場にさせられるという、複雑でとんでもない事態が起こっている。

「俺は……」

羅刹は険しい形相で口を開いたものの、それから目を閉じて黙り込む。

彼は今、なにを考えているのだろう。そして汀悟になんと言うのか、美空には予測がつかない。

汀悟もまた背中を丸めてうつむいており、静寂を緊張の糸が縫う。

次にカッと目を開いた羅刹は、気持ちを落ち着けるかのように大きく息を吸い込んでから続ける。

「俺は、あやかしの世を守るために父や母に捨てられた。大蜘蛛に連れていかれたと知っているはずなのに、父は俺より仲間のあやかしたちを優先して、大蜘蛛に頂点の座を明け渡さなかった。なんで……」

羅刹の目がうっすらと潤んでいる。彼のこんな悲しげな顔を見たのは、初めてだ。

「なんで鬼は犠牲を強いられて、お前たちは自分の子を守れるんだ」

天知眼という特殊な能力を持っていた羅刹は、たまたま生かされただけで、死んでいてもおかしくなかった。

それなのに、ようやく牢から抜け出して仲間を助けても、この地が荒れたのは鬼のせいだと責められ、無念の思いで子供たちを抱えて人間の世にやってきたのだ。羅刹の憤りは痛いほど理解できる。

それでも彼は、今でも両親や仲間のことが気になっているはずだ。それなのに、心にできた傷のせいで、『鬼は責められるだけだ。バカらしい』と吐き捨てる。

怒りの拳を震わせる羅刹の手を、美空はそっと握った。すると羅刹は、ハッとした表情で美空に視線を送った。

どす黒い怒りで曇った彼の目の輝きを、なんとかして取り戻したい。

なんの力も持たない美空にはなにもできないけれど、家族として羅刹の痛みに寄り添うことはできる。そうしたところでなにひとつ解決しないのは承知しているが、美空は羅刹をひとりで苦しみの中に置き去りにしたくなかった。

「すまない。本当にすまない」

汀悟は謝罪を繰り返す。とはいえ、彼がしたことは消えない。謝るしかないのだろう。

「くそっ」

悔しそうに声を漏らした羅刹は、立ち上がって部屋を出ていく。

美空は汀悟に軽く会釈をして、羅刹に続いた。汀悟も心配だけれど、今は羅刹だ。大きな背中が泣いている。

羅刹は自室の前に着くと、乱暴に障子を開けて中に足を踏み入れた。閉められてしまうと思ったのに、振り向いた彼は美空の腕を握って、中に引き入れた。そして……なぜか強く抱きしめてくる。

「少しだけ、こうしててくれ」

羅刹の腕の中でうなずいた美空は、彼の背に手を回して同じように抱きしめた。

今彼は、いろんな感情と闘っている。憤りや虚しさ、そして悲しみ……。ひとりで抱えるには大きすぎるのだろう。

悪態ばかりで自分勝手だと思っていた羅刹のこんな弱々しい一面を見せられるとは驚きだが、一方で美空は少し安心していた。

弱みを見せても大丈夫な存在だと判断されたのであれば、彼はこれから素直に感情を吐き出してくれるのではないだろうか。もちろん、そうされたところでなにかできるわけではないけれど、苦しみを抱えてひとりで悶々としているより誰かに聞いてもらったほうが少しは楽になれる。

美空もそうだったのだ。母を亡くしたときは父が存分に泣かせてくれたし、不器用な父が必死に家事をこなす姿を見て、自分も立ち直らなければと奮起した。

しかし父が亡くなったときは身近に弱音をこぼせる存在がおらず、仕事に没頭することで悲しみを紛らわすしかなかった。天涯孤独になったというのもあったかもしれないが、父を亡くしたときのほうが長く苦しみの渦から抜け出せなかった気がする。

それからどれくらい経ったのだろう。

羅刹は気持ちが落ち着いたのか、腕の力を緩めた。

「すまん」

「いえ」

ばつの悪そうな顔で羅刹は謝ってくるが、謝る必要はない。

「お前にまで余計な話を聞かせてしまった」

髪に手を入れ掻きむしる羅刹は、難しい顔で言う。

「余計な話じゃありません。羅刹さんがひとりで苦しまなくて済むのなら、知れてよかったです」

美空が正直な気持ちを伝えると、羅刹は驚いたように目を瞠る。

「もう羅刹さんにひやひやさせられるのには慣れたんです。心配くらいさせてください。そのくらいなら私にもできます」

努めて笑顔で伝えると、羅刹の表情がようやく緩んだ。

「物好きだな」

「羅刹さんもまだまだですね。今頃気づきました？　そうだ。お風呂入ってください。冷めちゃったかな」

「汀悟を先に入れてやれ」

羅刹の意外な発言に、美空はとっさに言葉が出てこない。

「……はい。わかりました」

怒りでいっぱいではあるけれど、娘を助けたかったという汀悟の気持ちもわかっているのだろう。そして、その娘がおそらくもうこの世に存在しないことも。

誰もが悲しみの中で堂々巡りをしている。

どうしたらそこから抜け出せるのか、美空には見当もつかなかった。

それから汀悟は、みるみる元気を取り戻して顔色もよくなった。薬草の効果はすさまじく、深い傷になっていた右腕もすっかり元通りだ。

羅刹はいまだ怒りを解いてはおらず、ふたりが接触することはあまりないけれど、屋敷から追い出すようなこともしない。汀悟に居場所がないとわかっているからに違いない。

汀悟は子供たちに駄菓子のお礼を言って頭を下げた。そのとき、苦しそうな顔をしていたのは、自分のせいで双子の両親が亡くなったと知ったからだろう。

もちろん、ふたりにはその事実を伝えていない。いつか知るときが来るかもしれないが、今はまだ受け止めるだけの心の強さを持ち合わせてはいないし、まずは両親から離れてしまった不安を解消し、笑って暮らせるようになるのが最優先だ。

「おいちかった？」

「うん、すごく。初めて食べたよ」

娘がいた汀悟は、子供たちの扱いがうまい。

美空が庭で洗濯物を干し始めると、縁側であぐらをかいた汀悟が桂蔵の質問に笑顔で答えた。

たちまち四人に取り囲まれて、おしゃべりが始まる。

「どれ、おいちい？」

次は相模からの質問だ。

「一番おいしかったの？　どれもおいしかったから、決められないなぁ」

汀悟はあいまいに濁した。

一番を決めてしまうと、それ以外をあげた子が残念がるとわかっているからのような気がする。

羅刹なら正直に答えてしまうだろうなと考えた美空は、噴き出しそうになった。

「美空。わしの朝食、忘れたじゃろ！」

タマが足元に寄ってきて、小声ながら怒りをあらわにする。

「あげたでしょ？」

今朝は、バタートーストと目玉焼き、厚切りハムとかぼちゃサラダだったのだが、タマも茶の間の隅で食べていた。

「たまごがなかったのじゃ」

「ほんと？　ごめん」

それで妙にうるさく鳴いていたのか。

汀悟の分も作って部屋に運んだのだが、いつもの癖で七つしか焼かなかったかもしれない。

できれば汀悟も一緒に食卓を囲みたいところだけれど、いろいろ複雑なので実現していない。なにより羅刹が許可しないだろう。

「なんじゃ、その軽い謝罪は！　許さんぞ」

「軽い謝罪は、羅刹さんとタマ譲りだから」

食べ物の恨みは恐ろしいようだけれど、普段こき使われている美空は反撃した。

「羅刹はそうじゃが、わしは違う」

「あらっ、どの口が言ってるのかしら？　なにかしでかしても、ごめんごめんで済ますのだあれ？」

タオルをパンと広げながら漏らすと、タマは複雑な顔をして黙り込む。心当たりがあるのだろう。なにせ謝るのはまだましで、のらりくらりと逃げるのだから。

「とにかく、ごめん。今度ふたつにするから」

「絶対じゃぞ」

食べ物のことでこれほど怒るなんて子供のようだ。

「これで羅刹さんより百歳も上だなんて信じられない」

正直な気持ちを口にすると、タマはシャーッと猫の威嚇ポーズをした。でも、もちろん怖くない。

「ねぇ、タマは汀悟さんのこと知ってた?」

そんなに長生きしているならあるいは……と思い尋ねる。

「蛟といってもたくさんおるからのぉ。直接は知らん。蛟一族は鬼の忠実な従者だったのじゃが、あるとき大洪水が起こって、蛟の誰かが寝返ったという噂が流れたのは耳にした。雨も降らぬのに大きな洪水を起こせるのは蛟くらいなのじゃ。それが汀悟だったのかもしれぬ」

もとは鬼の忠実な従者だったとは。蒼龍の両親もそうなのだろう。

「そっか……。娘さん、無事だといいけど」

美空は一縷の望みを抱いてそう漏らした。しかし、タマは眉間にしわを寄せている。

羅刹と同じように、存命は厳しいと考えているのかもしれない。

「汀悟が大蜘蛛から切り捨てられたのであれば、今後はいつ殺されるかとビクビクしながら生きていくことしかできぬじゃろう」

「そんな」

「大蜘蛛は、失敗したり裏切ったりした者を決して許さない。そうやって恐怖で仲間を縛っている。考えれば考えるほど、ろくでもないやつじゃ」

　美空も同意して深くうなずく。

「大蜘蛛は火と水で大きな攻撃を仕掛けた。その犠牲になった者は多い。それに加担した汀悟は、鬼側からしても裏切り者になる。今さら仲間に入れてくれと頭を下げたところで、洪水で家族を亡くした者が許すはずもなかろう。それどころか、殺め――」

「わかった、ありがと」

　厳しい現実をそれ以上聞いていられなくなり、美空はタマを止めた。

　汀悟にはもう、行く場所がないのだ。娘を助けたかっただけなのに、なにもかもなくしてしまった。

　ただ、両親を殺された側と殺した側がずっと一緒にはいられない。子供たちが成長すれば、いろいろわかってきてしまうだろうし。

「汀悟の処遇は、汀悟自身が考えることじゃ。美空は心配しなくていい」

「うん」

　ふと汀悟に視線を送ると、あぐらをかいた汀悟の脚に、蒼龍がちょこんと座っている。同じ蛟であることを明かしたため、仲間意識があるのか、蒼龍はいつも汀悟を捜している。

美空はその光景を見た羅刹が顔をしかめるのを知っていて、いつもひやひやしている。今も羅刹がここにいたら、舌打ちのひとつやふたつしたに違いない。

しばらく遊んでいると、葛葉と桂蔵が汀悟そっくりに変化したので驚いた。

妖狐のふたりが変化するところを見たのは、藤川（ふじかわ）のおばあさんのところに行ったときだけ。あのときふたりは完璧に娘と孫になりきってみせたが、今回も完成度が高い。

パッと見るだけでは、本物の汀悟がどれなのかわからない。

「しゅごー」

相模が盛んに拍手して双子を褒めたたえている。

彼らはそれぞれ持つ能力が異なるのだが、互いの力を素直に認めてすごいと言えるのはいいことだ。

「いち、に、しゃん」

最近、数字を覚えた蒼龍が、右から順に指をさして数えている。

「すごいね。そっくりだ。あんまり上手だからびっくりしたよ」

真ん中の本物の汀悟は、満面の笑みで両隣のふたりを大げさに褒め、頭を撫でている。自分で自分の頭を撫でるという、なんとも言えない不思議な光景だけれど、直後に変化を解いた桂蔵と葛葉が自慢げな顔をしていて、微笑ましい。

一見、羅刹と子供たちとの距離より、汀悟と四人のそれのほうが近いように見えて、美空は複雑だった。

羅刹も、藤川のおばあさんの任務が無事に終わったときは彼らを褒めたが、こんなふうに大げさではなかった。無論、羅刹の性格がそうさせているのはわかっている。彼は普段、感情をあからさまに顔にも出さないし口にもしないのだ。

美空はそれをどことなく理解しているものの、子供たちには難しいだろう。なにせ大人の美空ですら、言葉に出して褒めてもらえたほうがうれしいからだ。

羅刹は積極的に子供たちとかかわりを持っているようには見えないけれど、さりげなくサポートしたり、厳しい言葉の中にも思いやりがあったりする。ただ、美空も最近気づいたくらいで、わかりにくいことこのうえない。

それでも四人は羅刹を頼りにしているし、慕っているのは間違いない。けれども、これほど優しく褒めちぎってくれる汀悟と、ツンツンしている羅刹のどちらがいいかといえば、普通は汀悟だ。

「これはひと悶着ありそうじゃ」

「どうしたらいい？」

タマも同じことを考えていたようで、美空は尋ねた。

「知らん」

「ちょっと、少しは協力してよ」

無責任な言葉を残してピョンと跳ねて逃げていったタマに言うも、振り返りもしない。

美空は盛大なため息をついた。

子供たちと汀悟の距離はどんどん近づいていく。

羅刹はそれを知ってか知らぬか、特に言及しない。

「みしょらー、こーえん」

その日。朝食の片づけを終えた頃、台所に葛葉が誘いに来た。

「うーん。また今度にしない？」

スーパーにも行かなければならないし、少し疲れているのでそう答えるも、彼女は当然納得しない。

「だめぇ？」

葛葉は脚にすがりつき、ねだるような上目遣いで美空を見つめる。

「私より色気ある……」

完敗した気分だ。けれども、彼女が四人の中で一番やんちゃだという事実は変わらない。

「いろけ?」

「あー、こっちの話。おねだりが上手ねってこと」

そう答えると、なぜか葛葉は台所を出ていき、廊下で叫んだ。

「みしょら行くってー」

「え?」

行くなんてひと言も言ってないと思ったけれど、『おねだりが上手ね』をおねだりを聞いてあげるという意味だととらえたのかもしれない。

ポジティブなのはよいことだけれど、美空の負担がまた増えた。

「せっかく庭があるのに」

最近はマンション暮らしの家庭も多い。公園仲間の奈美と沙良もそうだ。けれどこの屋敷には広い庭があるのだから、わざわざ公園に行かなくても走り回れる。

でも、子供たちにとって公園は特別なのだろう。四人以外の仲間がいて、ここにはない木や花があり、遊具もある。美空も子供であれば、やはり公園に行きたいに違いない。

とはいえ……。

「体力持つかな」

もう二度と過労で倒れたりしたくない。

「みしょらー。らしぇっ、やあって」

そこにやってきたのは桂蔵だ。どうやら羅刹を誘ったようだが断られたらしい。

「もう一回、誘っておいで」

いつもしつこく誘って連れ出すのに、一回であきらめるなんて珍しい。

「ていごしゃん、だめ？」

「汀悟さんを連れていこうとしてるの？　それはちょっと……」

仲良くなり四人もよく戯れているものの、子供たちと外出の経験がない汀悟に公園までの道のりをうまく誘導できるかどうかはわからない。葛葉がトラックの前に飛び出したばかりなので、気が気でなかった。

「ていごしゃん、いいってー」

次に駆けてきたのは相模だ。どうやらもう交渉済みのようで、美空は困惑する。

「でもね……」

そもそも汀悟は人間の世に慣れていない。人当たりはよさそうだけれど、公園のママたちとうまく会話できるかどうか。なにせ人間の世の習慣を知らないのだから。

「ていごしゃん、行くのー」

蒼龍が駄々をこねだす。蛟の仲間である汀悟に心を完全に許しているようだ。

「羅刹さんに相談してくる」

羅刹がダメだと言えばあきらめるだろう。そう思った美空は、羅刹の部屋へと急いだ。

「羅刹さん」

「行かないぞ」

障子を開ける前に声をかけると、まだなにも言っていないのにそんな返事。

「子供たちが、汀悟さんを連れていくってきかなくて。汀悟さんも承諾したみたいで……」

そう伝えると、沈黙が訪れる。これはなんなのだろうと身構えていると、障子が開いて、険しい顔の羅刹が顔を出した。

「行けばいいじゃねぇか」

「……怒ってます？」

今にも頭から角を生やしそうな不機嫌面の羅刹に、美空はおそるおそる尋ねる。

「別に」

羅刹は否定するものの、視線が鋭い。間違いなく怒っている。

両親を殺したあやかしと、その子たちが仲良くしている姿なんて、見ていられないのだろう。だからといって、幼い桂蔵や葛葉に真実を明かすのは酷だ。

「羅刹さんが一緒に行ってくれれば」

「断る」

美空の言葉を遮り断言した羅刹は、ぴしゃりと障子を閉めてしまった。

羅刹の気持ちは痛いほどわかるものの、四人もひとりで公園に連れてはいけない。

子供たちに家で遊ぶよう説得しようと奥座敷に向かうと、汀悟の手を引く蒼龍が向かいからやってきた。

おっとりでのんびり屋の蒼龍は、普段着替えも最後になるのに、今日はもう支度ができている。よほど汀悟と一緒に行けるのがうれしいのだろう。

「みしょらー、行くよー」

「あのね。今日はお家で遊ばない？」

絶対に嫌という返事が来るとわかっていても、提案するしかない。

「やぁあー。こーえん！」

口を尖らせる蒼龍は、汀悟の腕を強くつかんだ。

「でもね――」

「美空さん、私行きますよ。ほかの人間には近づかないよう気をつけますから」

美空の懸念はそれだけではなく、羅刹が怒っているのも大きい。しかし、本人に面と向かって言えるほど強い心を持ち合わせてはいなかった。

「そう、ですか。ただ子供たちはあちこち行ってしまって目が離せないんです。先日も葛葉ちゃんが車の前に飛び出して危なくて」

「ちゃんと歩くもん」

蒼龍がすかさず反論してくる。

なんとか汀悟のほうから『自分では無理だ』と言わせたいのだけれど、うまくいかない。

「蒼龍くんはいつもそうよね。でも……」

イヤイヤ期真っただ中の蒼龍だが、そうした面では手がかからない。やはり葛葉が危険だ。

「言うこと聞くー」

そこにやってきたのは残りの三人。特に葛葉は先日の反省をしているのか、美空のジーンズを握りしめて必死だ。

外堀が埋まってきてしまい、焦る。安全ももちろん大切な要素ではあるけれど、やはり羅刹が気になるのだ。

汀悟が犯した罪を知っている美空も、少々複雑だった。

「ねぇ、みしょらー」

四人が一斉に美空の手や脚を握り、訴えてくる。

「わかった。でも、絶対にまっすぐ歩くこと。私や汀悟さんの言うことは聞くこと。できなかったら、もう連れていかないからね」

「はぁーい！」

汀悟の複雑な立ち位置を明かせない美空は、渋々了承した。

もしかしたら汀悟は、こうして面倒を見ることで少しでも罪滅ぼしをしようとしているのかもしれない。だからといって罪が消えることはないけれど、美空が彼の立場だったら、そうするほかないと納得するところもある。

準備のために一旦離れた美空は、縁側で丸くなっていたタマを見つけた。羅刹が行けない以上、事情通のタマは連れていきたい。

「やっぱりややこしくなったのぉ」

タマがどこかおもしろがっているのが癪に障る。

「やっぱりじゃなくて！　タマも行くのよ。いい？　今日ばかりは雄平ママを見て鼻の下を伸ばしてないで、子供たちに気を配って」

美空が告げるとそっと離れていこうとするため、ヒョイッと抱き上げた。

「なに逃げようとしてるの？」

「逃げてはおらん。歩いただけじゃ」

そんな嘘が通用するほど美空は甘くない。

「今後、永遠におかずなしでいいなら、行っていいよ」

タマはご飯よりおかずが大好きなのだ。

「鬼か、お前」

「鬼でもなんでも結構です。行くの？　行かないの？　選ばせてあげる」

「それは脅しじゃ」

「脅してるんだもの」

美空がさらりと言うと、タマはガクッとうなだれた。

あやかしの世の事情で板挟みにさせられるのはごめんだ。けれど、羅刹の激しい怒りも汀悟の苦しい気持ちもわかるだけに、どうにかしたいと思ってしまう。

羅刹と汀悟ががっちり手を握り合う姿は見えないけれど、なんとかあやかしの世の状況がよくなるように協力できないものだろうか。

でも、汀悟は裏切り者という立場なのだからそんなに簡単な話ではないと、すぐに打ち消した。

子供たちが汀悟と一緒に公園に行きたがっていると聞いて、羅刹はひどく驚いた。と同時に、汀悟に対するなんとも言い難い怒りがこみ上げてくる。

汀悟は桂蔵と葛葉の両親、それ以外にも多くのあやかしたちの命を奪ったのだ。今さらいい顔をして罪滅ぼしをしようなんて虫がよすぎる。

無論、娘を奪われた汀悟の葛藤はわかっているつもりだ。しかし、彼が娘を救うために起こした行動で、幸せな日常を壊され永遠に会えなくなった親子がいる。自分の家族のことしか考えない汀悟の身勝手さを、到底許すことはできない。

汀悟は大蜘蛛の要求を突っぱねるべきだったのだ。

そう思うも、娘の運命を察している羅刹の心が痛まないわけではなかった。

汀悟と戯れる子供たちを見ていられない羅刹は、一緒に公園に行くという選択がどうしてもできなかった。その代わりタマに、絶対に四人を守れとくぎを刺しておいたのだが、猫では限界があるのはわかっている。

羅刹以外の全員が出払った屋敷は、妙に静かで落ち着かない。

地下牢にいた頃は誰の声も聞こえないのがあたり前だったのに、四人とタマ、そして美空との生活が始まってから、どこからか笑い声や泣き声がするのがいつの間にか心地よくなっていた。

「あーっ、くそっ」

昼寝でもしてしまおうと思って目を閉じたのに、かえって頭が冴えるありさまだ。

葛葉がトラックの前に飛び出してひやひやしたが、恐ろしい目に遭ったばかりなのでもう一度はないだろう。ほかの三人は葛葉ほど手はかからないが、実は歩きながら気がそれていることが多々ある。鳥に目を奪われたり、道路を走る大型車にくぎづけになったり。

当然美空ひとりで四人の面倒を見るのは難しいため、そうしたときは羅刹がさりげなく抱き上げて肩に乗せたりして、危険を回避してきた。

羅刹自身、初めて見るものに興味が湧くのはよくあることなので、探求心を否定するような叱り方はあまりしたくなくてそうしている。

無論、行きすぎたときは容赦なく叱るのだが。

汀悟にそれができるだろうか。

言うことを聞くと約束した子供たちだが、幼い彼らがそれをうっかり破ってしまう事態は常に想定しておく必要がある。

しかも突然現れた汀悟に興味津々の彼らは、代わる代わる話しかけ続けている。特に同じ蛟の蒼龍は顕著で、汀悟のそばを離れない。そんな状態で、四人に目が行き届くとはどうしても思えなかった。

羅刹は屋敷を飛び出し、美空や子供たちを追った。といっても、問題なければ姿を現すつもりはない。

汀悟を助けたときと同じように、人気のない路地を選んで駆けていく。すると、葛葉と相模の手を引く美空が見えた。

先回りして物陰から観察を始める。

やはり美空は気を張っているようだ。表情が硬く、子供たちとつなぐ手にはいつも以上に力が入っている。

それもそうだろう。目の前で葛葉が轢かれそうになったのを見たのだから。いや、違う。葛葉をかばって、自分もはねられそうになったが正しい。

あのとき、迷いもせずトラックの前に走り出ていった美空に、羅刹は驚いた。彼女はただの人間だ。ぶつかればひとたまりもない。自分も命を失いかねない状況だったのに、葛葉を助けようとしたことが信じられなかったのだ。

羅刹は大蜘蛛一派に捕まってから、自分のために誰かが動いてくれたことなど一度もなかった。それなのに、自分の子でもない葛葉のためにそこまでできるとは。

最初は彼女に、家事や育児を押しつけたいだけだった。しかし美空はそれ以上の働きを見せる。両親と離れた四人の母親代わりになりたいと日々奮闘し、しかしうまく育てられているか自信がないとこぼす。

彼女は過労で倒れたとき『子供たちが迷ったときや不安なときに駆け込める場所になりたい』と漏らしたが、もうとっくにそういう場所を作れていると、羅刹は常々思っている。

子供たちは一応、横道にそれることなく公園までの道のりをまっすぐ歩いていて順調だ。ただ、蒼龍がさかんに汀悟に話しかけており、周りが見えていない。それに応える汀悟も同様。うしろから自転車が走ってくると、それを知らせるためにタマが「ニャアアア！」と大声で叫んでいる。

汀悟が蒼龍とばかり話すので、反対側にいる桂蔵が少し寂しそうだ。いつもなら美空が気を使って話しかけるのだが、今日は余裕がないらしくできていない。

それでも無事に公園に到着して、羅刹は胸を撫で下ろした。広い公園の中は比較的安全だ。美空もようやく笑顔を見せる。

羅刹は樫の木に登り、引き続き子供たちの様子を観察することにした。

不貞腐れ気味だった桂蔵も、奈美と一緒に滑り台で遊んでいる。

彼は初めて滑ったとき、うしろにいた葛葉が気になるあまり身をよじったせいで落ちそうになった。下にいた羅刹が手を伸ばして支え、落ちずに済んだのだ。

そのとき、相模の面倒を見ていた美空はそれを知らないけれど、あそこで落ちていれば、桂蔵は公園嫌いになっただろうし、美空も四人を連れては無理だと公園で遊ぶのをあきらめたはずだ。

ただ、羅刹は知っていた。美空が子供たちに楽しい時間を与えたがっているのを。公園が初めての羅刹も心躍ったし、太陽の下で自由に走り回れる心地よさに、心がしびれた。

羅刹にはできなかったが、子供たちにはたくさんの経験をさせてやりたい。それを美空も望んでいる。

それなら黒子に徹して、四人が危険な目に遭わないように気をつけようと考えていた。

それでも転んでケガをするのが子供だ。ただ、そうした経験もひっくるめて、子供たちの心が豊かになっていくのをひしひしと感じる。

美空はただの家政婦ではない。それを一番痛感しているのはおそらく羅刹だ。

いつもは仲のよいママ友達と会話をしながら子供たちが遊ぶ様子を見ている彼女だが、今日はずっと四人のそばにいる。

「みしょらー。どんぐりしゃん」

「うわー、大きいの見つけたね」

美空が優しい笑みを浮かべると、葛葉は途端に得意げな顔をする。

羅刹は今まで何度も、こんな光景に出くわしてきた。四人がすくすく育っているのは美空のおかげだ。

汀悟は相変わらず蒼龍と手をつないでいる。

蒼龍は、それほど蛟の仲間が恋しかったのだろうか。ケンカはすれども仲のよい四人と、母のような美空。それだけでは足りなかったのだろうか。

仲間意識が薄い羅刹にはよく理解できない。

ふたりはやがて片隅にある水道に行き、水で手を洗い始めた。水が大好きな蒼龍がそれで終わるはずもなく、ごくごくと喉に送ると……。

「まずい」

汀悟がいて興奮しているのか、美しいうろこに覆われたしっぽが出てきたため、羅刹は焦った。

隣の汀悟は気がついていないようで、楽しげに会話を続けている。

「そーりゅーくーん」

雄平が蒼龍の名を呼びながら駆けてくる。

しっぽに気づいた美空が、顔を真っ青にして蒼龍に駆け寄ろうとするも、雄平は目の前に迫っていた。

仕方なく羅刹は木から飛び降りて出ていく。

「しっぽが出てる。しまえ」

驚く蒼龍に小声で伝えると、彼はハッとしてすぐにしまった。なんとか雄平に見つからずに済んだようだ。

雄平に三輪車遊びに誘われた蒼龍は、汀悟のもとを離れていく。

「あやかしだと知られたら、人間の世にいられなくなる。美空が細心の注意を払っているのに、お前に壊されたくない」

汀悟への怒りが収まっていない羅刹は、少々強い物言いをしてしまった。しかし、後悔はない。今、四人をあやかしの世に戻すことはできないからだ。

「羅刹さん」

美空は羅刹の登場に驚きつつも、腕をつかんで止めようとする。険しい表情の汀悟と一触即発の形勢に見えたのかもしれない。

「申し訳ない。自分の子のようで気が緩んだ」

汀悟は素直に首を垂れたが、羅刹の怒りは収まらない。

「気が緩んだ？　汀悟はそれでいいだろう。でも四人や美空はそうはいかない。せっかくできた友をなくすんだ」

羅刹は自分がここまで熱くなれることに驚いていた。

そもそも育児は美空に丸投げしているし、公園にだって渋々ついてくるだけ。それなのに子供たちのことでこんなに熱くなる自分が信じられなかった。

「ちょっと」

美空が間に割って入り、羅刹の腕を引っ張って汀悟のそばから離す。ここでケンカをさせるわけにはいかないと思ったのだろう。

「羅刹さん、来てくれたんですね。よかった」

「俺が来たところで、なにも変わらないだろ」

「ううん。今日、よくわかりました。羅刹さんがいてくれると安心するんです。ぐうたらしてるだけなのにどうしてなのか、私にもわからないんですけど、どうにもならなくなったら羅刹さんがいると思えるというか……」

美空がそんなふうに感じているとは知らず、羅刹はなんと答えたらいいかわからない。

「ほんと、どうしてだろ。腹が立つことばかりなのに」

美空はぶつくさ付け足す。

「あっ、そう」

なんとなく気恥ずかしくなった羅刹は、ぶっきらぼうに返した。

「ほら、そういうところに腹が立つんです！」

「相模、止めたほうがいいんじゃ？」

「あーっ。ほんと限度を知らないんだから」

砂場で延々と穴を掘り続ける相模を見てそう伝えると、美空はすっ飛んでいった。

そろそろ立派な落とし穴になりそうなのだ。

「来たのか」

どこからともなくタマが現れ、にやついているのが気に食わない。

「ぺらぺらと他人の話をするお前が信用ならんからな。全身の毛をむしってほしいんだって？」

「なっ……。今は関係なかろう」

あっという間に逃げるタマも、ひやひやしていたに違いない。いつもは雄平ママから離れないのだが、今日は別の場所にいて四人に目を光らせていた。

「らしぇっ！」

羅刹に気づいた葛葉が飛んできて、腕を引く。

「ビヨンビヨン乗るー」

パンダの形をしたスイング遊具に座らせろということらしい。羅刹は葛葉を抱き上げて座らせた。

「汀悟に頼めばいいじゃないか」

羅刹はそう口にしながら、汀悟と公園に行くと即決した子供たちに少しイライラしている自分に気づいた。汀悟が葛葉たちの仇にあたるのは置いておいて、たった数日しか一緒にいない汀悟に負けた気がしていたのだ。

もちろん、汀悟ほど優しく接していないし、愛想もほどほどに悪いのは自覚している。だから自業自得なのだが、おもしろくないというのが本音だ。

「やあー。らしぇついい」

「どうして」

「わかんないー」

適当すぎる返事のせいで羅刹の眉間にしわが寄ったものの、羅刹も感覚で動くことが多々あるため、他人のことは言えない。

単に、汀悟に対してはまだ遠慮があるのだろうと思いながら離れようとすると、葛葉が止める。

「らしぇつ、葛葉の」

「は？」

「ていごしゃん、そーりゅーいいの」

もしや、汀悟が蒼龍ばかりを目にかけるため、妬いているのだろうか。たしかに羅刹は特定の誰かだけをかわいがることはない。

「蛟だからな。別に葛葉が嫌いなわけじゃねぇよ」

汀悟の起こした洪水が父や母の死のきっかけだったと知ったら、葛葉は汀悟を憎むはずだ。だから距離を縮める必要はまったくないのに、羅刹はなぜか慰めるような言葉を口にしていた。汀悟が蒼龍ばかりそばに置くのは、葛葉のせいではないと伝えたかったのだ。

そもそも汀悟も、妖狐のふたりに関してはどうかかわっていいかわからないのかもしれない。

懺悔の気持ちがあって一緒に遊ぶことでその罪滅ぼしを少しでもしようとしているのだろうが、同時に自分の犯した罪とどっぷり向き合うというつらい作業をしているようなものだからだ。

しかし羅刹は、汀悟にはもっと苦しんでほしいと思っている。

きっと美空にこんな気持ちを明かしたら叱られるだろう。それでも、妖狐の両親が濁流に呑み込まれていったあの光景を、どうしても見なかったことにはできないのだ。

「しょうなの？」

「そうだ。だから気にするな」

羅刹がそう伝えると、葛葉は力強くパンダを動かし始めた。

◇◇◇

公園に羅刹が現れたとき、美空は驚いたのと同時にホッとした。いつもと同じ道のり、そして場所。雄平たち友達もいて、なにもかもいつもと同じはずなのに、美空はずっと緊張していた。

羅刹には、なぜか絶対的な信頼がある。それが自分でもまったく納得できないのだが、いるといないのとでは大違い。彼がいないと、全責任を自分が背負わなければいけないというプレッシャーがすさまじい。

汀悟を信用していないわけではないが、なんとなく羅刹から感じられる〝最終兵器〟感がないというか。

もちろん、汀悟のことをまだよく知らないので、この気持ちは変わるかもしれないけれど。

人当たりがいいのは圧倒的に汀悟で、ゆえに子供たちも懐いている。けれど、汀悟には子供たちに対して〝優しくしなければ〟という義務感があるように感じられる。一方羅刹は、あからさまに愛想を振りまくことはない。しかし子供たちは、なにか困ったことがあると当然のように羅刹のもとにすっ飛んでいき指示を仰ぐし、羅刹と約束したことは決して破らない。彼らの間には、確固たる信頼関係が築かれているのだ。

羅刹は優しくしたいときはするし、突き放しもする。しかし、子供たちを想う気持ちに嘘はない。

今回、子供たちが汀悟と公園に行くと駄々をこねたのは、羅刹より汀悟がよかったわけではなく、単に汀悟との初めての公園を経験してみたかっただけだろう。

羅刹はベンチに座り、子供たちをぼーっと眺めていた。

彼が来てくれたことで美空に心の余裕ができて、ようやくママ友のところに合流できる。

「ねぇ、あの方誰?」

奈美ママに汀悟について尋ねられる。まあ、想定内だ。

「親戚の人というか……。しばらく我が家に滞在することになって」

「そうなの。優しそうな人ね」

「そうですね」

美空は笑顔で返事をしたものの、彼が大洪水を起こした結果、双子の両親が亡くなったと思うと複雑だ。

「子供たちの面倒見てもらえると助かるよね」

沙良ママも続く。

「はい、とっても」

汀悟に視線を移すと、桂蔵となにやら話している。そのふたりを羅刹が鋭い目で見つめていた。

汀悟の甘い考えに羅刹は怒ったが、どれくらい心に響いたのだろう。

羅刹の言う通り、万が一にもあやかしだと知られたら、ここでは暮らせなくなる。

かといって、荒れたあやかしの世に戻るという選択もできず、子供たちが不幸になるだけだ。

その後はなにも起こらず、「空いた」とお腹を押さえて空腹を主張する子供たちとともに帰宅した。

帰りは羅刹も一緒で、葛葉と桂蔵が彼と珍しく手をつなぎたがった。

公園に行く前、ふたりは汀悟とよく話していたのに、今は少し距離を感じられる。

その姿を見て、本能でなにかわかるのだろうかとドキッとしたけれど、きっと偶然だろう。

相模は美空と手をつなぎ、蒼龍は汀悟から離れなかった。

一家総出の大移動が終わると、昼食の準備に入る。

ひと息つく暇もないため美空には負担だけれど、外食できないのだから仕方がない。

お昼は焼きうどんにした。

ピーマンを入れると、相模はいつも器用に取り出して皿の端に避ける。苦みがある食材は人間の子も苦手なことが多い。今は無理に食べさせるのはよそうと、様子見をしている。

準備ができたので皆を呼ぶと、蒼龍が汀悟の手を引いて連れてきた。これまで汀悟の食事は別の部屋に運んでいたのだけれど、一緒に食べたいということだろう。あとからやってきた羅刹は一瞬難しい顔をしたが、拒否する理由を話せず、渋々座布団に座った。

美空が汀悟の席も用意すると、汀悟は「すみません」と恐縮しながら腰を下ろす。すると蒼龍がその膝の上にちょこんと座るので驚いた。

汀悟に自分の父親の姿を投影しているのだろうか。それも無理はないと思いつつ、美空は口を開く。

「蒼龍くんはここのお席でしょう？」

「やぁ！　ここいい」

お得意のイヤイヤが始まった。

「私ならお構いなく」

汀悟が受け入れるので、美空は首を横に振った。

「大人が三人しかいません。全員膝には抱けないんです」

蒼龍の気持ちもわかるし、汀悟も悪意があるわけではない。ただ、それを見ているほかの三人の心を乱したくない。皆、両親に会えなくて寂しいのだ。同じ蛟の仲間だからといって、蒼龍だけ特別扱いするのははばかられた。

「そうですね。すみません」

汀悟はわかってくれたようで、蒼龍に話をして膝から下ろしている。

「さぁて、いっぱい食べようね。いただきます」

重くなった空気を払しょくするために美空が努めて明るい声で言うと、「いたらきましゅ！」という舌足らずで元気な声が響いて、ホッとした。


食事のあとは、遊び疲れたのか一斉にお昼寝が始まった。

いつもは誰かが起きていて相手をしなくてはならないが、珍しく全員一緒なので、美空も久々に昼寝を決め込むことにした。

ほとんど使っていない二階の自室でうとうとしていると、庭から誰かの笑い声が聞こえてくる。

まだ眠り足りないと思いつつ時計を見ると、二時間も経過していて焦った。

子供たちを寝かしつけてそのまま一緒に寝てしまうことが多いけれど、寝相の悪い彼らに顔を蹴られたりお腹にのられたりは日常茶飯事。熟睡から遠ざかっていたので、気持ちよすぎたらしい。

窓から外を覗くと、天狗姿の相模がまだ小さい羽を広げてふわっと空に浮かび、屋根まで飛んでみせた。

「うわぁ、しゃがみしゅごー」

もう何度も飛ぶ姿を見ているはずなのに、ほかの三人の子供たちは手を叩いて相模を褒めたたえる。

こういう素直なところはとてもかわいい。大人になるとなくしてしまいがちなこうした素直さを、ずっと持ち続けてくれたらいいのに。

美空はそう思ったものの、自分は羅刹に対して素直ではないなと反省もした。しかし相手はもっとひねくれているし、つい売り言葉に買い言葉になってしまう。

窓を開けると相模が気づいて近寄ってきた。

「みしょらー」

「上手ね。すごいぞ」

美空が両手を広げると、相模が腕に飛び込んできてかわいいばかりだ。

天狗を抱きしめるというとんでもない経験をしているものの、まったく違和感はない。この屋敷に来て彼らがあやかしだと知ったときは驚いたし、逃げなくてはとも思ったけれど、こんなに心温まる日常が待っているとは思わなかった。

「みしょら、おいで」

相模に手を引かれて誘われるも、さすがに二階から飛び降りるのは無理だ。

「うん。すぐに行くから待ってて」

そう答えて、一旦離れた。

一階に下りて台所で喉を潤していると、羅刹が入ってくる。

「羅刹さんも飲みますか？」

「ああ」

コップにお茶を注ぐと、彼は一気にあおった。

「ちょっと子供たちのところに行ってきますね」

「随分羽の使い方がうまくなった」

「えっ？」

出ていこうとすると羅刹がぼそっと漏らすので振り返る。

「そう相模に伝えておいてくれ」

「自分で言えばいいのに」

そんなふうに返した美空だったが、頬が緩む。羅刹はやっぱり子供たちをよく観察している。しかも、こっそりと。

「なんだよ」

じっと羅刹を見ていると、彼は眉をひそめて不機嫌をあらわにする。

「羅刹さんって、なにも考えてないと思ってましたけど、そうでもないんですね。ちょっと素直じゃないだけで」

「は？」

「でも、私も素直じゃないので反省してます。子供たちをちゃんと見ていてくれてありがとうございます」

お礼を言うと、羅刹は軽く固まっている。ふたりの会話としては、らしくないからだろう。

美空はすっきりした気持ちで子供たちのところに向かった。

縁側には、やはり汀悟がいる。穏やかに微笑む彼は、洪水を起こして多くのあやかしたちを殺めたようには見えない。美空は、争いが日常のすぐそばにあることに恐怖を覚えた。

庭に出ると、桂蔵が羅刹に変化していて驚いた。

本当に妖狐は変化がうまい。どこからどう見ても羅刹だし、気だるそうな立ち姿までそっくりだ。

「お前ら、まっすぐ歩け」

桂蔵が扮する羅刹の言葉に、とうとう美空は噴き出した。

「すごい、そっくり」

藤川のおばあさんの件で変化したときは、羅刹からの情報と写真だけが頼りだった。けれども羅刹はいつも近くにいてかかわりがあるから、それよりずっと簡単なのかもしれない。姿だけでなく、言動や声まで本人そのものだ。

にこにこしながら見ていた葛葉が桂蔵の隣に行き、一瞬で美空に変化してみせた。

「みしょらだぁ」

蒼龍が興奮気味に言う。

「やだ、そっくり。ウエストのへん、もう少し絞ってもいいのよ」

美空は思わず口を挟んだ。

よく食べる子供たちにつられて食が進むせいか、この屋敷に転がり込んだばかりの頃より少し太った。まあ、拾われたときはろくに食べていなかったので当然ではあるが。

それにしても、自分を客観視するというのはなかなか照れくさい。

「逃げるんですか？　夕飯いらないんですね」

美空の姿をした葛葉がそう口にするので、ギョッとした。しかもその直後、羅刹姿の桂蔵が「チッ」と軽く舌打ちをして髪をかき上げる姿に、どこかで見た光景だと感心してしまう。

「よく見てるんだね。今後、お小言を言わないように気をつけます」

羅刹と美空そのものすぎて、思いきり反省した。

そういえば、買い物ごっこのときも真似をされていた。あのときは変化していなかっただけで、言動は間違いなく美空と羅刹だった。

今後、子供たちの前で小言はよそう。

そう思うも、羅刹があの態度を改めてくれないことには、うっかり口をついて出てしまいそうだ。

たちまちもとの姿に戻ったふたりは、美空のところに駆けてきて抱きついた。

「みしょらー、じょおず？」

「うん、すごーく上手」

甘え声の桂蔵の頭を撫でながら褒める。

「みしょら、いっちょ？」

「うん。そっくりだったよ。私、いつもあんな言い方してるんだね」

美空は苦笑しながら葛葉も褒めた。

それにしても、最初は美空に嫌われたくないと必死だった彼らが、褒めてとアピールする様子にほっこりする。自分という存在を愛せているのだなと。

つらい経験をした彼らに、もっともっと愛を知ってもらいたい。そして自分を愛し、誰かを愛する喜びを知ってもらいたい。

この四人もいつか好きな人ができて結ばれるのかな、なんてずっと先のことを考えてしまい、美空の口角は上がった。

汀悟も近づいてきて、腰を折ってからふたりに話しかける。

「誰にでも変化できるんだね。そうだよね。妖狐はその能力を生かして間者ができるんだから」

美空はその発言に顔が引きつった。汀悟が双子の両親について話しているような気がしたからだ。

幼い子供でもここまで見事に変化できるのだから、大蜘蛛の仲間に化けてスパイ活動のようなこともできたはず。大蜘蛛側で動いていた彼は、それを知っているのかもしれない。

「汀悟さん、あの……」

美空が話しかけると、汀悟は「はい」とまったく悪気のない顔で返事をする。

幸い、桂蔵と葛葉の笑顔が曇るようなことはない。けれど、余計な話をするのはやめてほしい。両親を亡くした悲しみを受け止めるのもまだ難しい歳なのに、それ以上のことはもっと大きくなってから知ったって遅くないはずだ。

ましてや汀悟の言い方では、自分と同じように仲間を裏切ったと主張しているように聞こえる。けれども、間者だったならば大蜘蛛派に寝返ったわけではなく、鬼派のために動いていたはずだ。汀悟とは違う。

どうもひと言ふた言多い彼だけれど、あやかしの世では普通なのだろうか。

羅刹はカチンとくる発言を散々しても、誰かを傷つけるようなことは安易に言わない。もし口に出すとしたら、そうせざるを得ないほど怒っているときだ。――汀悟に強い言葉をぶつけたときのように。

勘ぐりすぎかもしれないと思うものの、絶対に桂蔵と葛葉を傷つけたくない。ふたりを守るのが自分の仕事だ。

「上手でしたよね、ほんとに」

しかし、そうごまかすので精いっぱいだった。それこそ余計なことを口にして藪蛇（やぶへび）になっては困る。

「ええ、さすがです」

汀悟がそこで止めてくれたので、胸を撫で下ろした。

そんな会話を交わしている間に、今度は蒼龍が蛟に変化する。塀から飛び出すサイズに一瞬焦ったものの、彼らはあやかしの姿になると人間には見えないのだと思い出して、ホッとした。

「そういえば……」

どうして自分にはあやかしの姿が見えるのかまだ知らない。

庭の水道ホースでごくごくと豪快に水を飲む蒼龍を見て、慌てて飛んでいく。

「ちょっと待った。水浸しにしないでよ」

火事のとき、放水して親子を助けた光景が頭に浮かんだ。

とても立派なことをやり遂げたのだが、周辺は水浸しだった。あれをこの庭でやられたらたまらない。

美空が叫ぶも聞こえていないのか、蒼龍は水を飲み続ける。一体どこに入るのかと思うような量で、水道代の心配をしなければならないほどだ。

「せ、洗濯物！」

ハッと気がついた美空は、庭の片隅に干してある洗濯物に駆け寄り、すさまじい勢いでそれを片づける。

なんとかすべてを縁側から和室に放り込んだ頃、蒼龍が庭の木に向かって水を放出し始めた。

「そーりゅー、すごー」

「シャワシャワー」

残りの三人が喜んでその水の下に飛び込んでいくので、顔が引きつる。

「待って。何月だと思ってるの？　また風邪をひくでしょ！」

夏ならば放置しておくが、さすがに冬を目前にした今の時季ではまずい。

「さむさむー」

「ちゅめたー」

「ぬれたー」

どうやら三人は水の冷たさに気づいたようですぐにUターンしてきたものの、もうすでにびっしょりだ。

「タオル！」

美空は先ほど取り込んだばかりの洗濯物からタオルを引っ張り出して、三人を拭き始めた。汀悟も手伝ってくれる。

「さむー」

「あたり前よ。ほら、着替えた」

その場で着ていた着物を全部脱がせて、これまた洗濯したてほやほやのTシャツとズボンをはかせていく。

その間、蒼龍の放水は続いていて、焦った。

「汀悟さん、止めてください。蒼龍くん、止め方がよくわかっていないんです」

水が大好きな蒼龍は、火事のときも羅刹の制止に耳を傾けもせず、最終的にバナナ餃子で釣った。あのときも自分の意思で止めたというよりは、バナナ餃子が食べたくて気がそれたという感じだった。

ただ、同じ蛟の汀悟ならば止め方を知っているのではないかと期待したのだ。

美空の懇願に同意するように、汀悟は蒼龍に近づいていく。

「蒼龍くん。お腹に力を入れるのを緩めてごらん」

汀悟がそう伝えると、水の勢いが弱まっていく。

「そう、いいぞ。それじゃあ次は、口をすぼめるんだ。〝あ〟の口じゃなくて〝う〟の口にしてごらん」

なるほど、子供にもわかりやすい説明だ。

蒼龍が言われた通りに口をすぼめると、水の量がちょろちょろと流れるだけになり、美空は安堵のあまり大きく息を吐き出した。

「いいね。それじゃあ、そろそろ止められるはずだ。体の力を抜いてお口を閉じてみて」

汀悟が誘導すると、ピタッと水が止まった。

「よかった……」

「うまいうまい。さすがは蛟だ」

満面の笑みを浮かべる汀悟は、自分の子を褒めているかのよう。娘にもこうして教えたかったに違いない。

人形に戻った蒼龍は、満足げな顔で汀悟に抱きつく。本当の親子のようで微笑ましいけれど、桂蔵や葛葉のことを考えると複雑だった。

　ただ、あやかしの子育てをどうしたらいいかわからず、ずっと悩んでいたので、汀悟の指導にはとても助けられた。

　美空には水のコントロールの方法なんて当然わからない。おそらく羅刹もそうだ。火事のとき、羅刹がどれだけ訴えても水を出すのをやめなかったのは、やめなかったのではなくやめ方がわからなかったからのようだ。

　汀悟がいなければ、この先も習得できなかったかもしれない。

「蒼龍くん、上手に止められたね。もう覚えた？」

　美空のところにも自慢しにやってきた蒼龍に話しかけると、彼は笑顔でコクンとうなずく。

「おなか、しゅっ。お口、う、しゅるのー」

　蒼龍がお腹や口を押さえて美空に教えてくれるのがかわいい。

　美空はあんなふうに水を吐き出すことはできないので止め方を知る必要はないのだが、彼は真剣だ。

　やはり、あやかしはあやかしに育てられるべきなのだろうか。

　ふとそんな葛藤をするも、あやかしの世に平穏が訪れないことには両親を捜すことすらできない。

「そっか。また今度やってみよう」

そのとき、背後でカタッという小さな音が聞こえた。振り返って廊下の奥を覗くと、羅刹が自分の部屋に入っていくところだった。

子供たちの様子が気になって見ていたのかもしれない。彼は今の光景を見て、どう思っただろう。

汀悟が蒼龍に水の止め方を教えていた。水を扱わない羅刹は知らなかった知識だ。そんな簡単なことかと思うような教え方だったものの、蒼龍は見事に止めてみせた。あれは、感覚的なものなのだろう。蛟には蛟にしかわからない、体の使い方があるのだ。

蒼龍への指導については素直に感謝したい。しかし、桂蔵や葛葉になにを言おうとしていたのか。『妖狐はその能力を生かして間者ができるんだから』という言葉は、彼らの父も大蜘蛛一味として働いていたじゃないかと、自分を正当化したかったのではないのかと感じた。

双子の父は、たしかに蜘蛛に変化して間者として大蜘蛛たちと行動を共にしていた。けれど、情報を鬼派に流していただけで、決して誰かを殺めたわけではない。娘の命と引き換えに、ほかの者の命を奪った汀悟とは違うのだ。

汀悟に怒りを覚えたものの、そこで出ていって事を荒立てるのは得策ではないところえた。幸い子供たちはなにも気づいていないからだ。

どうすべきか考えあぐねていると、美空も羅刹と同じように感じたのか、うまく話をそらしてくれた。

子供たちの庭遊びが終わり、羅刹は自室に戻ってどさっとあぐらをかく。

「顔が鬼じゃ」

「俺は鬼だ」

タマがくだらない茶々を入れてくるのでにらんでおく。

「ずるいのぉ」

そう漏らすタマは、羅刹のいら立ちの原因をわかっているに違いない。

「しかし、ときにずるい者が得をするのじゃ。お前も美空もまっすぐすぎる。まあ、それがお前たちのいいところじゃが」

「得をしたほうがいいじゃねぇか」

「お前が本気でそう思っているなら、そうすればよい」

まるで『できないじゃろう』とでも言いたげに、鼻でフンと笑うタマが気に入らない。

「それより、これから汀悟をどうするつもりじゃ」

羅刹はタマの質問に答えられなかった。

汀悟のケガはすっかり癒えた。もうこの屋敷に置いておく必要はない。羅刹は一刻も早く出ていってもらいたいと思っているが、あやかしの世に戻って再び大蜘蛛の手先になることだけは阻止したい。

「汀悟が変わらなければ、じゃな」

黙っていると、タマは羅刹の心の中を読んだような発言をする。

「まあそんなところだ。ただ、四人に影響がないようにはしたい」

美空が来て、子供たちの笑顔や元気な声が増えた。正直うるさいと思うこともしばしばだし、公園や買い物に連れ出されるのもうんざりだ。

けれど、両親との別れで負ったであろう四人の心の傷が癒えていくのが手に取るようにわかって、美空の存在は薬草より効果があるのではないかとすら思っている。

もちろん、子供たちの傷が完全に消えることはないだろう。羅刹だってそうだ。しかし、美空のおかげで未来が変わってきていると感じるのだ。

「難しいのぉ。汀悟はみずからの罪滅ぼしのために子供たちとかかわっているように見える。まあ、娘を偲(しの)んでいるところもあるだろうが」

猫のくせしてよく見ている。

そう思いながら大の字に寝そべった。

「子育てって難しいんだな。適当に食わせておけばいいのかと」

羅刹は牢で食べられない日もあった。四人のように外を駆け回ることはおろか、太陽の光を浴びることもなかった。だから食べられるものがあればそれで育つと思っていたのが正直なところだ。

「よくやっているんじゃないか？　主に美空が」

後半を強調するタマが憎らしい。

とはいえ、その通りではある。まったくあやかしの姿に変化しなかった彼らがしっぽや耳を出し始めたのは美空の作った食事のおかげだし、ゆえにそれぞれ能力を発揮できるようになってきたのだろう。

「ああ、よくやってるよ、あいつは」

美空に『私も素直じゃないので反省してます。子供たちをちゃんと見ていてくれてありがとうございます』と言われたのを思い出してそう口にすると、タマは丸い目を一層丸くしている。

「お前、熱でもあるのか？」

羅刹が座布団を投げると、タマは器用にピョンと避ける。

「暴力反対！」

ちょっと素直になっただけだろ。

羅刹は心の中でつぶやきながら、そっと目を閉じた。


汀悟が美空に伴われて部屋を訪ねてきたのは、その三日後。どうやらひとりで来るのはばつが悪かったらしい。

美空が出した座布団に正座した汀悟は、向かいであぐらをかく羅刹をまっすぐに見つめる。

「私もいていいですか？」

美空が控えめに聞いてくる。羅刹は迷ったが汀悟がうなずいたため、「ああ」と答えた。

汀悟の斜めうしろに美空が座ると、汀悟は話し始める。

「長い間、世話になりました。この屋敷の皆さんに感謝しています。助けてもらえなければ、今頃死んでいたかもしれない」

神妙な面持ちで語る汀悟に、羅刹は小さくうなずく。

彼が洪水を起こしていたと知っていたら、助けただろうか。

羅刹にはそんな葛藤がずっと渦巻いているものの、今さら考えても意味がない。

「私はあやかしの世に戻ろうと思います」

「でも……」

口を挟んだのは美空だ。

彼女は汀悟が子供たちになにか言うたびにひやひやしているものの、あやかしの世の危険を察していてそこに戻すことにためらいがあるのだ。

「もう二度と、大蜘蛛の手先にはならないと誓います。ただひとつ、お願いが」

羅刹にはその願いがなんなのか見当がついている。そして、実はもうそれを済ませてあった。

「鬼は天知眼を使えるはず。娘の居場所を捜してもらえないだろうか。それを頼りに、娘を助け出したい」

あやかしの世は広い。むやみに捜すより手っ取り早いということなのだろう。ただ、汀悟は遠回しに娘の安否を知りたがっているように聞こえる。現在の居場所がわかるということは、生きているということだから。

羅刹が黙っていると、美空の強い視線を感じる。その目は見てやれと主張していた。

「……お前は西部の街に住んでいたと聞いたが、間違いないな」

これは汀悟にそれとなく探りを入れたタマから聞いた情報だ。羅刹はそれを頼りに、西部の街の過去を覗いた。情報が少なすぎて何度も覗く羽目になったが、なんとか汀悟の姿を見つけて、さらに過去にさかのぼった。

「そうだ」

あれが間違いなく汀悟であれば……。

「娘は少し外に出た隙に捕まり、妻は娘を助けようとしてその場で亡くなった」

「……その通りです」

羅刹が今まで妻の存在についてあえて聞かなかったのは、汀悟がなにも語らないことから、亡くなっているのではないかと予想していたからだ。

天知眼で覗いたらその通りで、汀悟は娘も妻も失い、自暴自棄に陥ったのだとわかった。それでも娘はもしかしたら……という一縷の望みを抱いて、大蜘蛛の指示に従ったに違いない。

「娘は、俺がいた大蜘蛛の本拠地に連れてこられた」

羅刹が話し始めると、美空の顔に緊張が走る。

「会ったのですか？」

汀悟が腰を浮かして食いついてくるものの、羅刹は首を横に振った。

「いや、天知眼で過去を覗いただけだ。俺は地下牢にいて、大蜘蛛の従者としか接触はなかった」

ほかにも捕らえられた者が多数いたのは間違いない。汀悟の娘もそのうちのひとりなのだが、羅刹のいる地下牢に連れてこられた者は皆無だ。

「それで……」

汀悟の表情に困惑がにじむ。過去を見た羅刹が、早々に結論を口にしない意味に気づいているのだろう。

「残念だが、連れてこられた日にはもう」

「そんな」

美空が泣きそうな声を漏らした。汀悟は唇を噛みしめ、顔をゆがめる。

「そう、でしたか。ありがとうございました。……私がしたことは、全部無駄だったんですね。私が死ねばよかった」

重苦しい沈黙のあと、ようやく声を絞り出した汀悟は、額を畳にこすりつけたまましばらく顔を上げない。泣いているのだ。小刻みに震える肩が痛々しかった。

「美空」

羅刹は美空に声をかけて、ふたりで部屋を出た。

今はどんな慰めの言葉も陳腐に思えて口にできない。ひとりで思いきり泣かせてやるほうがいいと思ったのだ。

ついてきた美空もまた、目にいっぱい涙をためている。

近くの部屋に彼女を引き入れて抱き寄せると、堰を切ったように泣き始めた。

「ごめんなさい」

「なんで謝る」

「つらいのは汀悟さんなのに。私はしっかりしなくちゃ」

そんなふうに強がらなくていいのに。

そう思った羅刹は、美空の背に回した手に力を込める。

「いいんだ、それで。素直になれと言ったのはお前だぞ」

「羅刹さん……」

「つべこべ言わずに泣け。泣きたいときは泣けばいいんだ」

自分がこんなことを言うとは意外だった。牢にいた間、泣きたくても泣かずひとりで耐えてきたのに。いや、だからこそ泣きたい気持ちがわかるのだ。

「つらい気持ちはもらってやれるんだろ？」

「……はい」

弱々しい声で返事をした美空は、羅刹の着物を強くつかんでしばらく涙を流し続けた。

あやかしの世に戻ると言った汀悟だが、それからも屋敷にとどまらせた。娘の死を知ったばかりで動揺が収まらず、この状態であちらに戻しては危険だと思ったのだ。

子供たちには汀悟が沈んでいる理由を伏せておいたが、部屋から出てこない彼をずっと気にしている。

そんな中、駄菓子を全部食べ終えてしまった子供たちが、また駄菓子屋に行きたいと駄々をこねた。

「最悪だ。美空が余計なことを教えるから、また行く羽目になるんだ」

渋々付き合わされた羅刹が漏らすと、美空ににらまれた。

「そんなこと言って。今日こそ買う気でしょ」

前回買えなかったので、もちろんだ。けれど、そうだとは認めない。

美空は子供たちの前では相変わらずパワフルに走り回り、笑顔でいるものの、ひとりになると放心している姿が見られる。あやかしの世の理不尽に、心がついていかないに違いない。

駄菓子屋に着くと、初老の店主に温かく迎えられた。

「ちびちゃんたち、来た来たー。待ってたよ」

前回大騒動したのに、この余裕。美空と同じように優しい人なのだろう。

早速駄菓子を吟味し始めた子供たちは、美空に小さなカゴを持っていっては「買えりゅ？」と尋ねている。

羅刹もいくつかカゴに入れていると、四人が自分のものとは別のカゴをもうひとつ用意しているのに気づいた。

「これどうした？」

「ていごしゃんのー。百円あげりゅー」

蒼龍が意気揚々と答えた。

どうやら美空からもらった二百円のうち、それぞれが百円ずつを汀悟のために使おうとしているようだ。

沈む汀悟になにができるか子供なりに必死に考えたに違いない。いやに駄菓子屋に行きたがったのは、このせいだったのだ。

「そうか」

羅刹は自分のカゴの駄菓子もその中に入れ、蒼龍に二百円を握らせた。

「俺の分も全部使え」

「いいのぉ？」

葛葉が上目遣いで聞いてくる。

「あっ、いや」

羅刹は近くにあったラムネを四つ手にする。

「この四つ分は引いておけ。これは俺からお前たちへのご褒美だ」

そしてそれぞれのカゴにひとつずつ入れた。

「あーっと！」

桂蔵が満面の笑みでお礼を口にすると、相模が脚にまとわりついてくる。

「らしぇっ、好きぃ」

ラムネひとつで好きと言われても……と思いつつも、頬が緩むのは抑えられない。

子供たちが再び駄菓子に夢中になると、美空が近づいてくる。

「ありがとうございます。羅刹さんも買っていいですよ」

「俺はまた今度でいい。子供たちの会計がオーバーしても、今日は大目に見てやってくれ」

「わかりました」

久々に美空の弾けた笑みを見て、羅刹は胸が温かくなるのを感じた。

たっぷりの駄菓子を持って帰ると、子供たちは汀悟のところに一直線。駄菓子を渡された汀悟は、顔をくしゃくしゃにして泣いた。

「よちよち」

蒼龍が汀悟の頭を撫でて慰めている。

「悲しいの？」

葛葉が汀悟の顔を覗き込んで尋ねるのを見ていると、羅刹は複雑だった。仇の心配をしている葛葉や桂蔵が不憫であり、しかし彼らの優しさは否定したくないという気持ちがせめぎ合う。

「うれしいんだよ。皆、ありがとうね。……ごめんね、ごめん」

号泣しながら汀悟は謝罪する。

「ていごしゃん、泣いちゃいやぁ」

桂蔵が慰める。

「私が浅はかだったんだ。謝って済むことじゃないけど、本当にごめん」

羅刹は、汀悟が初めて心からの謝罪を口にしたように感じた。

これまでも何度も頭を下げていたが、〝娘を助けるために仕方がなかった、自分も犠牲者なのだ〟という気持ちがどこかにあったように思う。

たしかにそうかもしれないが、立場が変われればそんな言い訳は聞きたくない。妖狐のふたりもきっとそうだ。あやかしの世のために親から切り捨てられ、いつ命を落とすともしれない恐怖や苦痛と闘い続けてきた羅刹も、おいそれと許せるものではなかった。

ただ、今の謝罪は今までのうわべだけのものとはあきらかに違った。心のよりどころだった娘もすでに命がないと知り、ようやく自分の犯した罪と向き合えたのだろう。

汀悟は翌日、あやかしの世に戻ることになった。

これからはひっそりと、そして誰かの助けになれるように生きていくという宣言は、嘘には聞こえなかった。

子供たちは旅立ちを寂しがり、最後までまとわりついていた。

特に蒼龍は泣きべそをかいて、あとの三人に慰められていた。

「いいかい。水を止めるときはお腹の力を緩めて、お口を〝う〟だからね」

汀悟は最後にもう一度確認して蒼龍を強く抱きしめた。

「許されるなら、またいつか会おう。君たちが戻ってこられるように、一生懸命立て直すからね」

汀悟はひとりひとり握手をして別れを惜しむ。

彼がいた西部の街はかなり荒んでしまったものの、一旦は逃げたあやかしたちが戻ってきつつある。とはいえ、いまだ大蜘蛛派が行き来しているため安全とも言い難いが、彼はその地域に戻ると決めたようだ。妻と娘の思い出が詰まった場所へ。

最後に、羅刹と美空に深々と頭を下げて、羅刹が作ったあやかしの世への入口に入っていった。

「あーあ、行っちゃった」

羅刹が入口をふさぐと、相模が残念そうに言う。その隣で、蒼龍がほろりと涙をこぼした。

「みしょらー、許されるならってなあに?」

葛葉が美空に鋭い質問をしている。

「そうね……」

美空は言葉に詰まり、晴れ渡る空を見上げる。

「許すって、多分すごく難しいことなのよ。許せなくても、それはそれでいいと思う。でも、過去はもう変えられない。これからどう生きていくか……きっとそれが大事。だから皆も、元気に遊ぼうね」

「はぁーい！」

四人は美空の言葉の意味なんて少しもわかっていないに違いない。けれど、大きな声で返事をして、それぞれ美空の手を握った。

「みしょら、こーえん」

桂蔵が訴えると「こーえん」「こーえん」と全員が続く。

「えー、今日も行くの？」

「元気にあしょぶのー」

「うわ、墓穴掘った」

——仕方ないだろうな、自分で言ったんだから。巻き込むなよ。

羅刹はそう思いながら、こっそり家に入ろうとする。

「ちょっと、そこ！　夕飯いらないんですね」

逃げようとする羅刹を見つけた美空がすかさず言う。

葛葉が美空に変化したとき、『今後、お小言を言わないように気をつけます』と言っていたような。あれは幻聴だったのか。

「チッ」

髪をかき上げて舌打ちしたが、そういえば桂蔵が同じ動作をしていた。

よく観察しているんだなと苦笑しながら、羅刹は公園に行く覚悟を決めた。

第四章　笑顔あふれる家族写真

汀悟が去ったあとも、日常生活はバタバタだ。

「おいもつくりゅ？」

最近蒼龍が毎日のように聞いてくる。以前やった焼きいもが気に入ったのだ。

あのとき、いもが小さいと激怒して駄々をこねた蒼龍は、随分落ち着いてきた。そういう時期が過ぎたのか、汀悟とかかわり体をコントロールするのに加えて、心も制御できるようになったのかはわからないけれど、このまま収まってくれるのを祈っている。

「うーん、そうだねぇ……作るか」

根負けした美空が承諾すると、「うわー、みしょら好きぃ」という、なんとも現金な葛葉の声がした。

「調子いいな」

一体どこで覚えたのか、おねだり上手なうえ持ち上げるのもうまい。美空よりずっと社会をうまく渡っていけそうなバイタリティに完敗だ。

「それじゃあ、落ち葉と枝を集めてね。誰か、羅刹さんを呼んできて」

「はーい」

相模が家の中にすっ飛んでいく。あとの三人が落ち葉を拾い始めたのを確認してから、美空はさつまいもを取りに台所に向かった。

さつまいもを濡らした新聞紙で包み、さらにアルミホイルで巻く。

「こんな大きいの、よく食べるな」

食事もしっかり食べるのに、おやつは皆別腹だ。

そういえば美空もここに来てから食事の量がかなり増えた。走り回っているので、お腹が空くのだろう。子供たちに合わせて早寝早起きになったし、実に健康的な生活を送れているものの、やっぱり自分がもうひとり欲しい。

「できた」

羅刹とタマの分も含めて、七本。小柄なタマに一本は多いが、彼も一人前ないと怒るのだ。

残った新聞紙を片づけようとすると、とある広告に目が行った。

「家族写真……」

駅前の写真館の広告には、バースデーフォトと並んで家族写真の案内があった。

そういえば、子供たちの写真ですらほとんど撮っていない。スマホで何枚かは撮ったけれど、誰かがなにかをやらかすので、そんな暇がないのだ。

羅刹や汀悟の話を聞いたからか、無性に家族写真に惹かれる。

この先、いつまで一緒にいられるのかわからない。今を撮っておきたい。

美空はそんなふうに思いながら、広告を折りたたんでエプロンのポケットにしまい、庭へと急いだ。

「まったく、余計なことを教えやがって」

羅刹はぶつくさつぶやきながらも子供たちにせがまれて焚火の準備をしている。

「そのお下品なお言葉がなければ、いいお父さんに見えるんですけどね」

美空が近づいていくと、羅刹は、はぁーと大きなため息をついている。

「でも、好きでしょ？　焼きいも」

美空は知っている。羅刹がタマ以上に目を輝かせて焼きいもを頬張っていたのを。

「素直じゃないとあげませんよー」

「好きだよ、悪いか」

彼はとてつもなくぶっきらぼうな言い方で、好きだと認めた。

それにしても、口は悪いけれど見た目は抜群にいい彼の口から『好きだ』なんていうフレーズが飛び出すと、それがいもへの愛だとわかっていても、少しドキッとする。

「素直な羅刹さんって……」

「お前が言えと言ったんだろ」

最高に不機嫌な羅刹は、心なしか耳が赤い。

美空がふと子供たちに視線を移すと、じっと観察されていたので目を瞠った。

こういうところを見て、桂蔵と葛葉が変化するのだ。

「これは、えっとね……」

「らしぇつとみしょら、仲良しー」

仲が悪いと思われてはまずいと言い訳をするために口を開いたのに、桂蔵にそう言われて首を傾げる。

「仲良し？」

「違うのぉ？」

相模が残念そうに肩を落とす。

「あっ、仲良しだよ」

どこを見て仲良しだと感じたのかさっぱりわからなかったけれど、仲が悪いよりいいほうがいいとそう返した。すると子供たちはにこにこと満足そうに笑った。

また天狗の姿に変化した相模に火をつけてもらい、熾火になってから羅刹にさつまいもを投入してもらうと、子供たちは近くでじっと見ている。

時間がかかるのでほかのことをしていてもいいのに、これも楽しいらしい。

「おいもしゃん、おいもしゃんー」

ご機嫌の葛葉がおかしないもの歌を歌いだすと、三人も続く。

「おいもしゃんはおいしいよぉ」

音程もめちゃくちゃだし、まったくそろわない。けれども、お尻をふりふりする踊りつきの歌は、とにかくかわいらしい。

羅刹は縁側で座布団を枕に寝そべるものの、子供たちが火に近づきすぎないか監視しているようだ。時折「線から出てるぞ」と自分が描いた立ち入り禁止を示す線をはみ出した子に注意を促す。

美空はお茶を淹れて、縁側に戻った。

「羅刹さん、飲みますか?」

「ああ」

羅刹にお茶を出すと、彼はあぐらをかきそれを喉に送った。

美空も隣に腰かけたとき、先ほどポケットにしまった広告がかさっと音を立てる。

「そういえば、これ」

羅刹に広告を広げて見せると、彼の眉間に深いしわが寄った。

「写真？」

「はい。子供たちの写真も少ないですし、思い出が欲しいなって。うーん、思い出はいっぱいあるんですけど、なんというか……」

美空はそこで言い淀む。

別れの日がいつか来るのが寂しいなんて明かしたら、きっと迷惑だろうなと思ったからだ。

美空はただの家政婦であり、子供たち四人も羅刹もタマも、そもそもあやかし。いずれあちらの世に戻るのが正解なのだ。寂しいなんてわがままで困らせたくはない。

「写真って、あれだろ。止まったところを撮る」

「そうです、そう」

「あいつらが？」

「あ……」

羅刹が顎で子供たちを指すので視線を向けると、一秒たりとも止まっていない彼らの様子にハッとする。

そういうハードルがあるとは。

「そっかぁ。それじゃあ動画か……。スマホで我慢するか。でも、それだと一緒に映れないんですよね」

子供たちの映像はもちろん欲しいが、できれば一緒に映りたい。一時でも家族として暮らしていたという証が美空は欲しかった。

「教えてくれれば俺が撮ってやる」

「羅刹さんも入るんですよ、もちろん」

「俺も？」

羅刹は目を丸くする。

「そうです。皆一緒に仲良く暮らしていたという証を残したいというか……」

「仲良くねぇ」

どうやら彼は、美空が子供たちに仲良しだと言い放ったのが気に食わない様子だ。

「仲が悪いより、よいほうがいいでしょ」

「ふーん」

納得したのかしていないのか、羅刹は再びお茶を口にした。

「本当にお前は、次から次へと余計な仕事を増やす」

「すみませんね」

羅刹のお小言はもう慣れた。適当に流すと、羅刹は、はーっと大きく息を吐き出した。

「しょうがねぇな。行くか」

「本当ですか？」

「でも、知らねぇからな」

子供たちにちらりと視線を送る羅刹は、苦々しい表情をしている。毎日の落ち着きのない生活を見ていたらそうなるのもうなずけるけれど、あらかじめ話して聞かせればうまくいくような気もする。

「予約するときに、四人いると話しておきます」

あちらもプロなのだから、協力してくれそうだ。

「みしょら、まだぁ？」

焼けるのが待ちきれない蒼龍が駆けてきて、美空に抱きついてくる。

「まだ二十分くらいしか経ってないよ。あと二十分はかかるかなぁ」

「おいもしゃん、時間かかるねぇ」

「そうだね。でも、時間をかけて焼いたほうが甘いんだよ」

しばらくイヤイヤばかりだった蒼龍だが、汀悟がいなくなってからこうして甘えてくる機会が増えている。寂しいのだろうか。

「おいもしゃん、食べたいなぁ」

「もうちょっと待とうね」

焼きいもを始めたときはテンションが高かったのに、声に元気がない。

それでもそう叫びながら三人のところに戻っていく蒼龍の背中を、美空はじっと見ていた。

「おいもしゃーん」


写真館に向かったのはそれから二日後。

おめかししようにも、洋服は泥だらけになっても問題ないものしかなく、全員着物で行くことにした。写真館にも衣装はあるようだけれど、それを選ばせていたら永遠に終わらないと思ったのだ。

着物姿で道をぞろぞろ歩くと、さすがに目立って周囲の視線を感じる。ただ、子供たちも羅刹も屋敷では着物姿でいることが多いため、気にも留めていない様子だ。

脚の長さが強調されるジーンズ姿のときは、羅刹のスタイルのよさに驚かされるが、美空は着物姿のほうが好きだ。最初に会ったときに着物だったというのも大きいけれど、こちらのほうが落ち着いて見えるし貫禄もある。まあ、中身は同じなのだが。

子供たちの着物姿もなかなかかわいい。少し丈が短いのは、身長が伸びているせいだろう。

タマも家族として写真に納まってもらおうと、今朝は丁寧にブラッシングした。その間、照れた様子だったが、鏡に自分の姿を何度も映していたのがおかしかった。猫も身だしなみは気になるらしい。

「みしょら、息は？」

「へっ、息？」

写真を撮る間は動いてはダメだと何度も話して聞かせたからか、桂蔵が思いもつかない質問をしてくる。子供はおもしろい。

「息はもちろんしていいよ。あっちこっち行ったり、お顔や体を動かさないってことなの」

「ふぅーん」

わかったのか心配が募るものの、どうにかなると腹をくくる。

写真館では受付の若い女性が待ち構えていて、満面の笑みで迎えてくれた。

「いらっしゃいませ。お着物、かわいいですね。七五三の着物姿での撮影はしょっちゅうあるのですが、普段着は初めてです」

たしかに、子供が着物を纏うなんて、あとはお祭りのときくらいだろう。

「お母さまは、お着物どうされます？」

お母さまと呼ばれて、妙に照れくさい。美空は耳が赤くなっていないか心配になった。

「私は着物を持っていなくて」

「せっかくですから、着てみませんか？　レンタルのご用意がありますよ」

どうしようと羅刹にちらりと視線を送ると「着てみれば」と言われてうなずく。

レンタルの着物は多数あり、迷いに迷う。すると羅刹が近寄ってきて「それ」とぶっきらぼうに淡い黄色――鳥の子色の地に南天や様々な小花の絵がちりばめられた、かわいらしくも落ち着いた雰囲気の着物を指さした。

「まあ、旦那さま、お目が高い。奥さまはかわいらしいお顔立ちをされているので、このあたりが似合いそうだなと私も思っていたんです」

係の女性にまで同意される羅刹のセンスは、なかなかいいらしい。

「それじゃあ、これにします。羅刹さん、着替えてくるので子供たち――」

「わかってる」

家でなら放置しておきそうだが、外面はとびきりいい彼のことだ。無難に面倒を見てくれると信じて、着付けをしてもらった。

帯をきつく締められて目を白黒させたものの、成人式以来の着物姿に自然と背筋が伸びる。

着替えて出ていくと、途端に子供たちに囲まれた。

「みしょらー、かわいいー」

「ありがと」

桂蔵が褒めてくれるので面映ゆい。

「いっちょ！」

「一緒だね」

蒼龍は同じ着物姿に興奮しているようだ。

「葛葉もかわいい？」

「うん。すごく、かわいいよ」

葛葉は同じ女性としてなのか、ちょっぴり対抗心を燃やしている。

「みしょら、さわってもいい？」

ビビりの相模は、いつもと違う美空に戸惑って、手をつなぎたいのにつなげない。

「もちろん。待っててくれてありがとうね」

相模の手をしっかり握ると、彼は白い歯を見せた。

「羅刹さん、お待たせしました」

腕を組み、なぜかじっと見てくる羅刹に声をかけると、彼はプイッと視線をそらす。

せっかく着物を選んだのに、似合わなくて期待外れだったのだろうけれど、あからさまに視線をそらさなくてもいいのにと心の中で悪態をついた。

「それではこちらに。おいで」

四十代くらいの優しそうな男性カメラマンが子供たちを手招きすると、一斉に駆けていく。美空も足を進めると「いいんじゃないの？」という羅刹の声が聞こえた。

「えっ？」

「だから、たまには着物もいいんじゃないかと言ったんだ」

彼の発言が意外すぎて、頭が真っ白になる。まさか褒められるとは思ってもいなかったのだ。

「日那さまも奥さまもどうぞ」

「あっ、はい」

そのタイミングで『旦那さまも奥さまも』と言われて、照れくさくなってしまった。

蒼龍と相模がイスに腰かけ、そのうしろに桂蔵と葛葉が立つ。そして羅刹と美空。

特別に入れてもらったタマは、相模の膝にのせられた。

「なんておとなしい猫ちゃんなんでしょう。男前ですね」

――ニャーオ。

色白のかわいらしい女性に褒められたタマは、感激の雄叫びを上げている。

「浮気してる……」

雄平ママ一筋だったはずなのに、現金なものだ。

美空は子供たちが動いたらまずいとひやひやしていたけれど、さすがはプロのカメラマン。アシスタントにぬいぐるみを持たせて、「ここ見てね」と声をかけながら、何枚も写真を撮っていく。なにも心配はいらなかった。

「旦那さま、奥さまの肩に手を回してみましょうか」

「え……」

想定外の発案に絶句したのは美空だ。しかし羅刹は平然とした顔で、指示通りに美空を引き寄せた。

「いいですね。はい、最後は皆笑顔で」

——カシャ、カシャ、カシャッ。

連写する音が聞こえたあと、撮影は終了した。

羅刹はすぐに手を離したものの、なんだか気まずくてまともに顔を見られない。

「上手に撮れたね。ご褒美だよ」

「あーっと」

「まあ、お礼もちゃんと言えるのね。偉いなぁ」

タマお気に入りの女性からクッキーをもらった子供たちは、満足顔だ。

「みしょらー、食べていい？」

「うん、そこに座って食べてね。……このたびは、ご迷惑をおかけしました」

子供たちに指示をしたあと、美空が係の女性に謝ると、女性は首を横に振る。

「とんでもないです。ときどき泣きやまなくて、撮影中止になってしまうお子さんもいるんですよ。でも四人いて心強いからでしょうか。皆リラックスして写真に納まってくれました。上出来です」

「ありがとうございます」

――四人いて心強いか。

美空はその言葉を噛みしめる。

四人もいると、育児は壮絶だ。実際美空も倒れたし、自分の時間なんてほとんどない。けれど、四人いるからこその喜びもある。

全員が一番甘えたい頃に両親と離れてしまい、それぞれ心に傷を持つ。幼い彼らはそれを口にして慰め合うことはできないけれど、似た境遇にいるからか心のなにかが通じ合っているようにも感じる。

四人一緒でよかったのかもしれない。

桂蔵と葛葉以外は、会うことすらなかった者が偶然集まった家族。それぞれ個性が強くて、一見バラバラのようでそうでもなく、こうして一緒にいるのが心地いい。

この先、いつまで一緒にいられるかわからないと写真を撮りに来たものの、別れのときが迫るのが想像できない。あやかしの世に戻るのが子供たちのためだとわかっていても、間違いなく泣いてしまうだろう。

美空にとって、五人と一匹は、かけがえのない存在になっている。

不安いっぱいで、しかも少々無理やり引き受けさせられた家政婦の仕事だったけれど、まさかこんなふうに思う日が来るとは信じられない。

「幸せだな」

「なんか言ったか？」

「いえ」

羅刹に声を拾われたものの、美空はあいまいにごまかした。

写真は二週間ほどでできあがるという。一部をデータで見せてもらったが、子供たちが笑顔で納まっていて、ホッとした。羅刹はいつもの涼しい顔をしていたものの、整った顔にドキッとする。

子供たちの視線はきちんとカメラを向いていたのに、タマだけは別のところにあった。もちろん、お気に入りの女性スタッフを見ていたのだ。

それも含めて、いい思い出になった。


「家族かぁ」

撮影の翌日。大量の洗濯物を干し終えた美空は、縁側で空を見上げてつぶやく。

父や母は元気にしているだろうか。いきなり四人もの子供たちの母親代わりをしている自分を見て、どう思っているだろう。

目が回るほど忙しいし、子供たちのいたずらに怒りで血管が切れそうになるのもしばしばだけれど、少しも寂しくはないし、羅刹に拾われる前に戻りたいとも思わない。

「私は元気だよ」

こっそり空に向かってつぶやいた。

子供たちは相変わらず、庭の片隅に集合してなにかをしている。

「みしょらー、すごぉい」

興奮気味に美空を手招きするのは、桂蔵だ。近づいていくと、アリが行列を作っていた。

「アリしゃん、いっぱい」

「ほんとだね。どこ行くのかなぁ」

子供たちと一緒に行列の先を探す。

「うわぁ！」

相模が顔をしかめて大声をあげた瞬間、全員一斉にその場所から逃げた。

「どうした」

声が聞こえただろう羅刹が縁側に飛び出てくる。

「く、くもしゃんいたのー」

いつも強気な葛葉が半泣きになっている。

「いやあ」

ビビりの相模はいち早く縁側に駆け上がり、羅刹の背中に隠れた。

「大丈夫だ。俺がいる」

羅刹は四人に言い聞かせるように言う。やはり、こういうときは頼もしい。

「死んでるから大丈夫だよ」

美空は声をかけた。

アリが小さな蜘蛛の死骸を運んでいたのだ。このくらいのサイズの蜘蛛であれば、美空はカマキリやバッタのほうがずっと恐ろしい。

「死んでりゅ？」

「うん」

震える声を出す桂蔵は、すでに頬に涙が光る。

やはり壮絶な経験をしたのだなと思わせる光景だった。

おびえる子供たちは庭には戻らず、奥座敷で遊んでいるうちに昼寝を始めた。

お茶とクッキーを持ち、羅刹の部屋に向かう。

汀悟があやかしの世に戻り、蒼龍は寂しげにしているけれど、羅刹も時折放心していて少し変だ。

タマが通ったのだろうか。少し開いた障子の向こうで、天井を眺めてぼーっとしている羅刹が見えた。

「羅刹さん」

美空が声をかけると、羅刹はハッとしている。

「子供たち、お昼寝したんですけど、クッキーいかがですか？」

普段は羅刹だけにおやつを出すことはないけれど、彼の様子が気になって、話をしたいと思ったのだ。

「ああ。入ってこい」

羅刹はお盆に二人分のカップがあるのを見て、座布団を出してくれた。

「紅茶にしました」

美空はコーヒーを好むが、羅刹は紅茶党のようだ。そもそも子供たちがいると、こんなふうにゆっくりお茶をたしなむことはまれなので、美空の思い違いの可能性もあるのだが。

「羅刹さんって、コーヒーより紅茶が好きですよね」

「なんで知ってるんだ」

「当たった」

こんな些細なことでも、少し距離が近づいたようでうれしい。

「クッキーどうぞ。子供たちがいると同じ量しか食べられませんけど、今日は特別好きなだけ」

クッキーも好きなはずだ。

「美空が食え。お前はいつも食う暇がないだろ」

「気づいてたんですか？　それならもっと手伝ってくださ――」

「断る」

いつものツンツンの羅刹だ。けれど視線は尖っておらず優しい目をしている。

「そもそも断る権利がないと思うんですけど」

「なんでだ。俺がお前を雇ってるんだぞ」

「私にも辞める権利はありますよ」

ちょっと脅しすぎかしらと思いつつ、冗談を口にすると、羅刹は眉をひそめた。

「辞められるのか？」

「ん？」

「お前を慕って駆けてくる子供たちを放って、出ていけるのか？」

羅刹は美空の痛いところを突く。

「いけませんね」

「俺もだ」

今のは幻聴だろうか。驚いた美空は、まじまじと羅刹を見てしまった。

「羅刹さん？」

「お前がここに来るまで、どう育てたらいいのかわからないしうるさいしで、正直困っていた。俺には父や母に育てられた記憶がほとんどない。だから、なにをしてやればいいのかさっぱりで」

そもそも彼は、傷つけられて生きてきたのだ。家族の温もりを知らないだろうし、まともな食事にありつけていたのかどうかもわからない。

「だけど美空がここに来て、温かい飯がどれだけ大切かを知った。それに、あいつらはうるさいけど、笑うと俺がうれしいんだとお前に教えられてから、その通りだと思いながら生活している」

羅刹もまた四人とかかわることで、自分の正常な感情を取り戻したのかもしれない。牢でひとりぼっちなうえ、いつ殺されるかわからない緊迫した状況で、彼の心は硬い氷に閉ざされてしまっていたのだ。

「……そっか。子供たちや羅刹さんが笑ってると、私もうれしいですよ。羅刹さん、もうちょっと笑う練習しません？」

「俺はいい」

羅刹は大声をあげて笑うようなことはないけれど、ときどき頬が緩んでいるのを美空は知っている。子供たちと一緒に公園に初めて行ったときや、駄菓子屋でもそう。焼きいもを頬張ったときも、かすかに口角が上がっていた。

「よくないです。私がもっと笑わせてみせます。……それで、今はなんの悩みがあるんですか？」

思いきって踏み込むと、羅刹は不自然に目をキョロッと動かす。自分が平常心ではないと自覚しているのかもしれない。

「別に」

「羅刹さんって、結構わかりやすいんですよ。バレてますから」

美空がそう言い放つと、羅刹は頬杖をつき顔をしかめる。

「まあ、とりあえず食べましょう」

クッキーを彼に勧めると、素直に口に運んだ。

「お腹が空くとイライラするでしょう？　子供たちもご飯の前によくケンカしてる」

台所で食事の準備をしていると、奥座敷や庭から叫び声や泣き声がしばしば聞こえてくる。

取っ組み合いになり、雷を落とさなければ収まらない事態もあるけれど、なだめてご飯を食べさせると、ケロッとしてまた仲良く遊び始めたりする。

単に時間が経って忘れるのかもしれないし、怒るほどのことではなかったと冷静になるのかもしれないが、お腹が満たされるというのもひとつの要因だと美空は感じている。

自分もそうだったから。羅刹たちに拾われる前のろくに食べ物を口にしていなかった頃、ネガティブな思考に支配されてなにをしても這い上がれなかった。しかしここに来て食事が安定したら、落ち込むことがあってもしばらくすると立ち直れる。また前を向いて歩いていこうと思えるのだ。

もちろん、羅刹や子供たちの存在は大きいけれど、空腹が満たされるのは幸せになる要素のひとつのような気がしている。

「たしかに不機嫌だな」

「だから羅刹さんも食べてください。とりあえずお腹をいっぱいにしてから話してください」

「私をあなどらないでください。羅刹さんの嘘くらいわかるんだから」

おそらく彼は、汀悟のことを考えている。このまま引きずるのはよくないと思った美空は、少し強引な態度をとった。

素知らぬ顔でクッキーをかじると、羅刹も再び食べ始めた。彼は二枚食べ終わったところで紅茶を飲み、カップを座卓に戻す。

「汀悟が……」

羅刹がようやく話し始めたので、美空は食べかけのクッキーを皿に戻して耳を傾ける。やはり美空の予測は当たっていた。

「やっぱいい」

「ダメ。許しません」

母親のような言い方をしてしまったと思いつつ、羅刹が胸の内を吐き出してくれるのを祈る。家族だから支え合いたいのだ。

「頑固だな、お前」

「羅刹さんだって」

お互いさまだ。

「わかったよ。……天知眼で汀悟のその後を追った。彼は以前住んでいた街に戻ったようだ」

「無事に帰れたんですね」

戦いが続いているあやかしの世では、なにがあってもおかしくはない。汀悟もそれを覚悟で戻っていったはずだ。

「ああ。その街も大蜘蛛派に荒らされて、一時はあやかしも散り散りになったようだ。いまだ大蜘蛛派のあやかしがうろついていて安全だとは言い難いが、逃げていたあやかしたちが戻ってきつつある」

薬草を採りに行った南部は砂漠化していたと聞いたし、大蜘蛛の一味が監視しているらしい。被害の大きさはまちまちのようだ。

「汀悟はそこで、もとの生活を取り戻そうとしている。自分がしたことは決して口にせず、妻や娘が亡くなったことで周囲から慰められているくらいだ」

羅刹は唇を噛みしめながら続ける。

「わかってるんだ。あいつだって生きていかなくてはならない。洪水を起こして仲間を殺したなんて告白したら、どこにもいられなくなるだろう。だけど……桂蔵や葛葉の両親はあの洪水に巻き込まれて命を落としたんだ。そう思うと、このあたりがもやもやする」

羅刹は胸のあたりの着物をつかんで、感情を吐露する。

「だからといって、死んで詫びろと思っているわけじゃない。だけど、この気持ちをどうしたらいいかわからないんだ」

美空は羅刹の心からの叫びに何度もうなずいた。彼の気持ちが痛いほどわかるのだ。

「……器がちいせぇって笑えよ」

羅刹は自嘲気味に吐き捨てる。

「なんで？」

「は？」

「羅刹さんの器は小さくなんてありません。桂蔵くんや葛葉ちゃんの親代わりなら、そう思って当然です。私だってそうだから」

目が潤んできて、声が震える。

けれど、羅刹がまっすぐにぶつかってきていると感じるので、美空もそうするつもりだ。

「羅刹さん、ご両親に切り捨てられたと思ってるんですよね。だから余計に腹が立つんですよね」

羅刹は美空の質問に答えなかったものの、視線を落として眉をひそめる。

「私、羅刹さんがほかのあやかしたちを守るために犠牲になったこと、すごく悔しいし許せない。あの子たちみたいに小さい頃から牢につながれて、たったひとりだったなんて……。心細さとか悲しさとか、全然想像がつきません。だって、残酷すぎるもの」

感情が高ぶりすぎて、頬に涙が伝う。けれども、まだ伝えなければならないことがある。

「でも、少し冷静に考えてください。ご両親は羅刹さんの命と、ほかのあやかしたちの命を天秤にかけて、羅刹さんを捨てたんでしょうか。羅刹さんを切り捨てたのではなく、必死に努力したけど、どうにもならなかったのでは？　今も激しい戦いが続いているんでしょう？」

天知眼は過去を覗けるようだが、結界が張られている中枢には利かないという。そうであれば、両親が羅刹がさらわれてからどんな行動を起こして、なにを考えたのか本当のところはわかっていないはずだ。ただ、助けに来てくれなかったという絶望から、両親に切り捨てられたと羅刹が思い込んでいるだけで。

「まだあきらめてないいんじゃないかな」

美空がそう口にすると、羅刹は目を見開いた。

「もし、ほかのあやかしの命を優先したとしても、その決断をするのにすごく苦しんだと思います。自分の命と引き換えに羅刹さんを救いたいと考えたかもしれない。だけど、周りが許さなかったんじゃないでしょうか。鬼は強いし賢いんでしょう？　羅刹さんのお父さまが引っ張らなければ、鬼派は全滅したかもしれません」

羅刹の両親は、地位や名声なんてどうでもよかったはずだ。羅刹を取り戻せるなら、そんなものは放棄して助けに向かったに違いない。

でも、戦略を立て戦いの中心となっているだろう羅刹の父がいなくなれば、大蜘蛛派に押されて、全員殺された可能性もある。だから周囲が必死に止めたと美空は思っている。

「私も四人を犠牲にしろと言われてもできないけど、そうしなければ千人の命が消えるとしたら、どうしたらいいかわかりません。自分の子でなくても、そんな状況を考えるだけでも苦しくてたまらないのに、ご両親はどれだけ苦しんだか」

「美空……」

「羅刹さんが汀悟さんに抱くもやもやも、ご両親や、羅刹さんを責めるあやかしたちに向ける怒りも、否定するつもりはまったくありません。むしろ怒って当然だと思う。

でも、このまま真実を知らずにいて後悔しませんか？」

まるで羅刹に、あやかしの世に行って真実を確かめろと言っているようなものだ。

危険な場所には行かせたくないという気持ちと、絶望を抱いたまま生きていってほしくないという気持ちがせめぎ合い、美空は自分がなにを言っているのかわからなくなった。

「違う。……嫌なの。羅刹さんが戦いに加勢しに行くなんて怖くて」

美空が本音を打ち明けた瞬間、羅刹に腕を引かれて抱きしめられていた。

「俺のために泣くな」

「だって」

「お前の気持ちはよくわかった。やっぱり俺は器が小さい。美空に負けるなんて屈辱だ」

「なによ、それ」

羅刹の腕の中で口を尖らせるも、いつもの悪態にちょっとホッとする。

「お前に会えてよかったよ、美空」

こんなに優しい羅刹の声を今まで聞いたことがあっただろうか。

「泣くと不細工になるぞ」

「ならないもん」

美空が反論すると、羅刹が笑った気がした。

それからも、毎日忙しい日が続く。

「相模くん、出番だよー」

美空が声をかけると、相模はたちまち天狗の姿に変化して、一階の部屋にある子供たちの布団を二階に飛んで運んでくれた。

天気がいいので干したかったが何枚もあるため重労働で、相模に頼んだらとひらめいたのだ。

彼は期待通り難なく布団を運び、屋根に並べていく。今日は風もないので、飛ばされる心配もなさそうだ。

家事にあやかしの能力を使わせるなんて……とも思ったけれど、無理やりではないし、なんなら天狗として飛ぶ練習になるかもと前向きに考えることにした。なにせ美空の腰が限界だから仕方がない。

「しゃがみ、がんばー」

「おやつ食べよー」

「もうしゅこしー」

布団干しのご褒美にせんべいをあげると言ったら、当の本人よりほかの三人が張り切っているのがおかしい。

「相模くん、ありがとね。それじゃあ、おせんべい食べるぞ」

「わぁ！　食べりゅー」

奥座敷にせんべいとお茶を準備すると、子供たちは我先にと手を洗いに行った。

汀悟が蒼龍に水のコントロール方法を教えていたとき、やはりあやかしはあやかしに育てられるべきだと感じた。美空にできるのは、人間としての子育てだけ。相模はかなり飛べるようになったけれど、もしかしたらもっと上達させる方法があるのかもしれない。

そうした思いがくすぶり続けているものの、考えても仕方がない。今、四人の母親代わりができるのは自分しかいない。それなら余計なことを考えてくよくよするより、今を楽しく全力で生きていったほうがいい。

なにより、小さな蜘蛛を見るだけで震え上がる四人が、これ以上心に傷を作らないようにするのが一番重要だ。

子供たちにせんべいを渡して一旦部屋を出ると、タマが待ち構えている。

——ニャーオ。

せんべいをくれという催促だとわかったものの、美空は気づかないふりをして足を進めた。

——ニャー、ニャーアア！

うしろをついてくるタマの鳴き声が大きくなっていく。

「うるさいわね。さっき子供たちのこと見ててほしいとお願いしたのに、逃げたでしょう？　働かざる者食うべからずよ。世の中そんなに甘くないと知ったほうがいいわ」

——ニャー！

タマは抗議を続けるが、美空は無視を決め込んだ。

台所に向かおうとすると、郵便配達のバイクの音がした。門まで出ていってみると、写真館からの郵便物が届いている。例の家族写真だ。

「やっと来た」

美空はうきうきした気分で、写真を胸に抱いて羅刹の部屋へと向かった。

「羅刹さん、写真が来ました」

飲食中の子供たちのところに持っていったら大変なことになると察知し、まずは羅刹に。部屋の中にはせんべいがもらえずに不貞腐れて丸くなっているタマもいた。

「そうか」

美空はワクワクしているのに、羅刹はどこか冷めている。

「もっと興味持ってくださいよ。開けますね」

美空が座卓の上に写真を広げると、羅刹は体を少し乗り出してくる。冷めているのは口だけで、気になってはいるようだ。

写真館には三枚のプリントとデータをお願いした。自分で選択できるとも言われたけれど、子供たちを待たせておけなかったし、プロに任せてしまおうと、たくさんの写真からどれを焼くかは写真館の方にお願いした。

「皆かしこまった顔してる」

微笑ましく思った美空は、そう漏らす。

一枚目は最初のほうに撮影したものだろうか。全員どこか表情が硬く、なんとなく緊張が漂っている。とはいえ、たまにはこういうのも悪くない。

二枚目は少し力が抜けて、自然な笑顔がこぼれる写真だった。中でも少し首を傾げた葛葉がとてもかわいらしく写っていて、あのおてんばぶりを想像できない。

ぬいぐるみによる誘導のおかげで、全員の視線がカメラに向いているものの……。

「タマ、どこ見てんだ？」

美空より先に指摘したのは羅刹だ。

写真館で見せてもらった写真もタマだけが別のところを見ていたが、これも同じ。よほどあの女性が気に入ったのだろう。

「色白のお姉さんを見てたのよね。タイプだもんね、タマ。ほらこの写真、鼻の下伸びてる」

「伸びとらんわ！」

美空が写真のタマを指さして指摘すると、怒っている。しかし、事実だ。

「奥さまと言われてデレーッとしてたのは誰じゃ」

「してないし」

即否定したものの、少し照れたのは絶対に秘密だ。

そして三枚目。

この一枚は子供たちも白い歯が見えて、我が家の日常を覗いたかのようで素敵だった。よそ行きの顔で撮る特別な一枚もいいけれど、自然な笑顔が一番いい。

ただ、羅刹に肩を抱かれた自分の姿を見るのは、かなり恥ずかしかった。

羅刹はどれもこれもすまし顔。羅刹らしいとも言えるが、このクールな表情からは想像できない熱い思いが胸にあることを美空は知っている。

「これ、いいですね」

三枚目の写真が一番に気に入った。

美空が同意を求めるように羅刹に視線を送ると、彼は優しい笑みを浮かべた。以前は仏頂面ばかりだった彼の表情が、最近柔らかくなってきているように感じる。

「美空だけ顔が硬い」

そして鋭い指摘をする。

それは……羅刹に引き寄せられて緊張したからだ。しかし、もちろん明かさないでおく。

「あっ、商店街の福引券だ」

照れくさくなってしまった美空は、写真と一緒に同封されていた福引券を見つけて紛らわした。

「本来三枚ですが、四人ではケンカになりそうなので特別に四枚お入れします。よろしければお使いください、だって。ありがたい」

写真館のスタッフの優しい心遣いに感謝しかない。三枚しかないときの修羅場が、容易に想像できるからだ。

「福引ってなんだ?」

羅刹がその中の一枚を手にして聞いてくる。

「駄菓子屋さんでくじ引きをしたでしょう? あれみたいに、当たりをかけてくじを引くんです。小さな玉がいっぱい入った八角形の木の箱を回して、出てきた玉の色で賞品が決まります。私はガラポンって言ってたなぁ。いつも末等のポケットティッシュしか当たらなかったですけど」

くじ運がないのか、美空はああしたくじで大当たりした覚えがない。小学生の頃に、目の前でキャンプセットが当たった人がいて、当たりって本当に入っているんだと大人みたいなことを考えた記憶がある。

そう教えると、羅刹がすっと右目を隠すので腕を引いて止めた。

「これは子供たちの夢が詰まってるんです。イカサマ禁止。それに出てくる玉はランダムですから、当たりが見えたとしてもそれを選べませんよ」

まるで羅刹のような邪な者を排除するための抽選機のようだとくだらないことを考えたが、羅刹がイカサマをしたからこそ子供たちを育てられていると思うと、複雑な気持ちではある。

「ケチだな」

羅刹がそんなふうに言うので、美空は噴き出した。

「羅刹さんって、くじ引きになると真剣ですよね」

「気のせいだ」

絶対に気のせいではない。負けず嫌いなのかもしれないけれど、そもそもくじ引きはただの運。勝った負けたではない。

「なにが当たるかな。子供たちに期待しましょう」

こういうものは、当たるといいなとワクワクしているのが楽しい。全員末等かもしれないけれど、それはそれでいい思い出になるはずだ。

美空は子供たちがにこにこしながら抽選機を回すところを想像して、笑みがこぼれた。

商店街に向かったのはその翌日。残念ながら空には厚い雲が広がっており、おまけに北風が強く、出かけるには億劫な天気だった。

「美空が話すからだぞ」

渋々ついてきた羅刹が愚痴をこぼす。

朝食後、子供たちに写真を見せて抽選券のことを伝えたら、もちろんすぐに行く気になった。

雨や雪こそ降らないが底冷えとなるというその日に出かける羽目になったのが、羅刹は気に入らないのだ。

とはいえ、どうせ子供たちは家の中でのんびりなんてできるわけもなく、庭を駆け回るか公園に連れていけとせがむのが見えているため、どちらにしても一緒だったと美空はひそかに思っている。

「羅刹さんだって楽しみなくせして」

「らしぇつもくじ引きしゅる?」

美空と羅刹の話を聞いていた蒼龍が、羅刹を見上げて言う。

「蒼龍の券くれるのか?」

「だめ」

蒼龍はぶんぶん首を横に振り、あとの三人は抽選券が入れてあるズボンのポケットを一斉に押さえた。

駄菓子のお金と同じく、家を出る前に抽選券をそれぞれに渡した。落とすリスクは大きいけれど、自分の持ち物に責任を持つことを教えるのには最適だと思っている。万が一落としても、うしろをついてくるタマが気づくだろうし。

子育てに試行錯誤する毎日だけれど、どうせ完璧にはできないと考えたら少し気が抜けた。

やってみてダメだったら、変えればいいのだと。

「羅刹さん、信用されてないみたい」

「は？　そんな鬼じゃねぇ」

たしかに、彼は鬼だけど心は鬼ではない。ぶっきらぼうで厳しいため誤解されがちだが、誰よりも子供たちのことを考えている。……わりには手伝わないが。

商店街の福引会場はたくさんの人でごった返していた。

「すごい人ですね」と美空が列に並ぶ人に声をかけると、「今日は寒いから少ないほうだよ」と言われてびっくり。四人を連れて長く待つのは大変なので、今日来てよかったと思った。

「らしぇつ、抱っこぉ」

先ほどから子供たちが代わる代わる羅刹に抱っこをねだる。というのも、背が低いせいで抽選場が見えない彼らは、抽選の様子が気になっているのだ。

「ぐるぐるー」

抱っこしてもらいご機嫌な相模が、自分の手を回しながら叫ぶ。

「葛葉も！」

今度は葛葉だ。道路に飛び出してこっぴどく叱られたあとも、羅刹を怖がったりはしない。羅刹が目をつり上げた理由をしっかり理解していて、理不尽なことでは叱ったりしないとわかっているからではないかと考えている。

そうこうしているうちに、目の前に順番が迫った。退屈でじっとしていられないとばかり思っていた子供たちも、抽選のワクワクが上回ったのか、意外にも列を乱さず待っている。

「ブルンブルン」

桂蔵が腕を勢いよく回し、くじ引きのウオーミングアップを始めた。そんな勢いで回したら、玉が飛んでいってしまいそうだ。

「ゆっくり回すのよ。小さい玉が出たら手を離してね」

心配になってそう伝えたものの、四人はやる気満々だ。

「かわいいわねぇ。当たるといいね」

「ありがとうございます。ところで、特賞ってなんですか？」

近くにいた初老の女性に話しかけられて、美空は尋ねた。どうせ末等かよくてそのひとつ上くらいしか当たらないと思っているので、賞品についてチェックしておかなかったのだ。

「特賞は、温泉の宿泊券よ。一等がお米三十キロだったかしら」

「お米……」

最近、子供たちの食べる量が増えてきているので、お米はうれしい。

「頑張りなさいよ、皆」

俄然、美空の心に火がついた。

といっても、頑張ろうにもただの運なのだが。

――カランカランカラン。

突然鈴の音が鳴り響き、子供たちは目を丸くしている。ビビりの相模は、美空に抱きついてきた。

「三等、商品券五千円出ました！」

抽選を担当しているはっぴを着た大柄の男性の弾んだ声が聞こえる。

「大丈夫よ。三等が当たったみたい」

「えー、もうないのぉ？」

涙目になる桂蔵に慌てる。そこまで真剣になられると、外れたときが恐ろしい。

「三等だから、まだ特賞も一等も二等もあるかな。でもね、何等でもすごいんだから」

末等はいわゆる外れだ。しかし、一応なにかもらえるはずなので、それでごまかしたいがごまかされてくれるだろうか。

当てる気になっている子供たちの意気込みがすさまじく、妙な緊張が襲ってきた。

いよいよ子供たちの出番だ。

「葛葉！」

「次、僕ぅ」

手洗いの順番を取り合うときのように、即座に列を作る。こういうときは要領がよくてまとめ役の葛葉が大体先頭で、その次が桂蔵。そして相模が続き、おっとりの蒼龍が出遅れるが、今日もその順だ。

「届かないよぉ」

葛葉が抽選券を必死に掲げていると、羅刹が軽々と抱き上げた。

「ありがとね。それじゃあ、この小さい玉が出てくるまで回してね」

「うん！」

葛葉は係の男性に笑顔で返事をしている。

「ゆっくり回すのよ」

美空が口を挟んだときにはもう回し始めていた。

心配をよそに、おそるおそるという感じで回す葛葉は、玉が出てくる場所をじっと見ている。

「わぁ、当たった！」

白い玉が出てきた瞬間、葛葉は大喜び。どうやら玉が出てくれば当たりだと思っているらしいが、これは末等だ。

「当たったねぇ。これとこれ、どっちがいい？」

差し出されたのは、末等の賞品のカイロと入浴剤だ。

「なあに？」

「温かくなるやつと、お風呂に入れるとシュワシュワするの」

美空が簡単に説明すると、葛葉は迷うことなく入浴剤を選んだ。

続く桂蔵も白い玉。簡単に当たるほど甘くはない。それでも、葛葉に続いて入浴剤を選んだ桂蔵もうれしそうだ。

そして相模。ちょっと勢いよく回しすぎたと思ったら、緑色の玉が出た。

「お、五等だね。おめでとう」

渡されたのは箱ティッシュ。よくわかっていない相模は、賞品が皆と違ってきょとんとしている。

「えーっと、シュワシュワよりいいものが当たったのよ」

「シュワシュワは？」

美空はそう説明したものの、しょげてしまった。お風呂で遊ぶ気だったのにティッシュだったので、落ち込んでいるのだ。

うまく慰めたいところだけれど、抽選の列がずっと続いている。もたもたするわけにもいかず、最後の蒼龍の番となった。

――お米、お願い。

美空は心の中で願いながら、抽選の行方を見守る。すると……。

――カランカランカラン。

「出ました特賞、大当たり！」

鈴の音と男性の大きな声に驚いた蒼龍は、耳を手で押さえている。

「と、特賞？」

美空の声が裏返った。

お米三十キロを狙っていたのに、まさかその上が当たるとは。

「持ってるね、蒼龍くん」

子供たちはなにが起きているのかわかっていない様子で、美空や羅刹の手をギュッと握る。

「温泉のペア宿泊券です」

「ペア？」

美空が思わず漏らすと、男性は申し訳なさそうに言う。

「ごめんねぇ。賞品はペアなんだよ。パパとママで行くっていうわけには……」

「無理です」

羅刹とふたりで温泉なんてありえないし、子供たちを置いていけるわけがない。

「お米と交換は……」

「できないんだよ」

「そうですよね」

一等のほうがありがたいと、一応尋ねてみたもののやはり無理だった。

「追加料金を払ってもらえれば子供たちも泊まれるんだけど、よかったらここに電話してみて」

「そうします。ありがとうございます」

特賞が当たって周囲の人たちが拍手してくれているのに、落ち込むのはおかしい。

美空は笑顔でお礼を言い、さらには周囲の人たちにも軽く会釈をして、その場を離れた。

「みしょらぁ、しょれなに？」

美空が預かった宿泊券に蒼龍が手を伸ばす。

「これね、温泉っていう大きなお風呂があるところに泊まれる券なの」

「おっきいお風呂！」

水を操る蒼龍が、風呂好きだと忘れていた。美空はしまったと思ったものの、あとの祭りだ。

「お風呂行くぅ」

「すぐには行けないんだよ。それに……」

美空はちらりと羅刹に視線を送った。

追加料金はなんとかするにしても、宿泊券にはこの町から電車で一時間半くらいの場所にある温泉地の旅館名が書かれている。その一時間半を四人も連れての大移動に不安しかない。

「――まさかだよな」

羅刹は省略したが、その険しい顔から『まさか行かないよな』と言っているのがひしひしと伝わってくる。

「まさか、かな……」

美空だって、余計な苦労はできれば避けたい。でも、子供たちにとってよい経験になるのではないかという期待もある。

「らしぇっ、お風呂行く？」

桂蔵が羅刹の手を引っ張りながら尋ねる。

「行きたいなぁ」

上目遣いのおねだりモードは葛葉だ。

「らーしぇーつー。行こー」

相模は握った手を左右に振って説得を試みている。

「僕の！」

マイペースの蒼龍は、宿泊券を手にして満面の笑みを浮かべる。

「そうよね、蒼龍くんが当てたんだもんね」

行くか行かないかは彼が決めるべきだ。聞かなくても結果はわかるけど。

「あー、もう。しょうがねぇな。おとなしくしないと途中で置いていくからな」

「うわー、お風呂！」

羅刹は子供たちの懇願に折れた。

しょうがないと言いつつ、彼らの願いはできるだけ叶えてやりたいと考えているのではないかと美空は思う。最近、子供たちが笑顔を見せるたびに、目を細めているからだ。

「とにかく寒い。すぐ帰るぞ」

「はぁい！」

テンションが上がりすぎて寒さなど感じていないように見える子供たちは、元気いっぱいで歩きだした。

「なんだかんだいって、優しいですね」

「は？」

羅刹ににらまれた美空は一瞬ギョッとしたものの、もちろん怖くはない。彼が本気で怒っているわけではないと知っているからだ。

「あっ、タマはどうしよう」

「食パンでも置いておけばいいだろ」

――ニャーオオオ！

最後尾をついてくるタマにも聞こえたようで、怒りをあらわにした雄叫びをあげている。

「まあ、たまにはお前も楽しめば？」

「えっ？」

羅刹の口から飛び出した意外な言葉に、美空の足が止まる。

「なにしてる。置いていくぞ」

「あっ、はい」

ぶっきらぼうに言い放つ羅刹を、美空は慌てて追いかけた。

この素直じゃない鬼と四人の小さなあやかしたち、そして毒を吐く化け猫との生活は、まだまだ続く。

小春りん
Lin Koharu

鎌倉お宿のあやかし花嫁

覚悟しておいて、
俺の花嫁殿――

就職予定だった会社が潰れ、職なし家なしになってしまった紗和。人生のどん底にいたところを助けてくれたのは、壮絶な色気を放つあやかしの男。常磐と名乗った彼は言った、「俺の大事な花嫁」と。なんと紗和は、幼い頃に彼と結婚の約束をしていたらしい！　突然のことに戸惑う紗和をよそに、常盤が営むお宿で仮花嫁として過ごしながら、彼に嫁入りするかを考えることになって……？　トキメキ全開のあやかしファンタジー!!

定価：726円（10%税込み）　ISBN 978-4-434-32929-6

Illustration：桜花舞

白川ちさと
ダブル
DOUBLE FATHERS
ファザーズ
アルファポリス
第5回
ほっこり・じんわり大賞
「涙じんわり賞」
受賞作!
なぜだか、うちには
お父さんが
二人いる。
生まれた時に母親を亡くし、父子家庭で育ってきた沙織。彼女には、二人の父親がいる。一人は眼鏡をかけて商社で働いている裕二お父さん。もう一人はイラストレーターで家事が得意な、あっちゃんパパ。自分の家はちょっと変わっているけれど、ごく普通の家族として生活している——そう思ってきたけれど、時に奇異のまなざしを向けられたり、陰口を叩かれたりして……。どうして自分には父親が二人もいるのか。自分の本当の父親は誰なのか。これは、沙織が自分のルーツを知る物語。
◉定価:726円(10%税込)
◉ISBN:978-4-434-32928-9
◉Illustration:丹地陽子

灰ノ木朱風
Shufoo Hainoki

吉祥寺あやかし甘露絵巻

～白蛇さまと恋するショコラ～

ちょっぴり 甘くてドキドキの

居候生活スタート!?

閑静な住宅街、緑豊かな吉祥寺の古民家カフェ『9－Letters』。店主であるパティシエール・玲奈は、あやかしの姿を見ることができる『見鬼』の才を持っていた。右鬼や左鬼――カフェを手伝うあやかし達と共に暮らす彼女はある朝、あたたかな体温を感じて目が覚める。なんと隣に美貌の男が潜り込んでいたのだ！ 美貌の男の正体は、白蛇のあやかし。彼は玲奈に『霖』と名付けられ、不思議な居候生活がはじまることになったが、幼馴染の陰陽師・七弦には思う所があるようで――？ ちょっぴり甘くてドキドキのあやかしファンタジー！

灰ノ木朱風
吉祥寺あやかし甘露絵巻
～白蛇さまと恋するショコラ～
ちょっぴり 甘くてドキドキの
居候生活スタート!?
アルファポリス文庫

◉定価：726円(10%税込) ◉ISBN:978-4-434-32480-2 ◉Illustration：SNC

この作品に対する皆様のご意見・ご感想をお待ちしております。

おハガキ・お手紙は以下の宛先にお送りください。

【宛先】

〒 150-6008 東京都渋谷区恵比寿 4-20-3 恵比寿ｶﾞｰﾃﾞﾝﾌﾟﾚｲｽﾀﾜｰ 8F
(株) アルファポリス　書籍感想係

メールフォームでのご意見・ご感想は右のＱＲコードから、
あるいは以下のワードで検索をかけてください。

ご感想はこちらから

アルファポリス文庫

訳(わけ)あって、あやかしの子育(こそだ)て始(はじ)めます 2

朝比奈希夜（あさひなきよ）

2023年 11月 25日初版発行

編　集－妹尾香雪・星川ちひろ
編集長－倉持真理
発行者－梶本雄介
発行所－株式会社アルファポリス
〒150-6008東京都渋谷区恵比寿4-20-3 恵比寿ｶﾞｰﾃﾞﾝﾌﾟﾚｲｽﾀﾜｰ8F
TEL 03-6277-1601（営業）　03-6277-1602（編集）
URL https://www.alphapolis.co.jp/
発売元－株式会社星雲社（共同出版社・流通責任出版社）
〒112-0005 東京都文京区水道1-3-30
TEL 03-3868-3275
装丁イラスト－鈴倉温
装丁デザイン－西村弘美
印刷－中央精版印刷株式会社

価格はカバーに表示されてあります。

落丁乱丁の場合はアルファポリスまでご連絡ください。

送料は小社負担でお取り替えします。


ISBN978-4-434-32930-2 C0193